光文社文庫

恋愛未満

篠田節子

光　文　社

目次

アリス　ボーイミーツガール1　7
説教師　ボーイミーツガール2　53
マドンナのテーブル　107
六時間四十六分　187
夜の森の騎士　215
解説　東直子　276

恋愛未満

アリス　ボーイミーツガール1

両手を頭の後ろに組んでひとみがけだる気に伸びをする。カットソーの狭く深い襟ぐりから覗(のぞ)く胸は、透き通る白さだ。いくぶん張りを失ったように見える肌が、むしろ艶っぽい。

視線を窓の外の人通りに向けたまま、ぽつりと言葉を吐き出す。

「趣味じゃないんだけど」

「贅沢(ぜいたく)言ってられる歳(とし)じゃないでしょ」

初恵(はつえ)はずばりと切って捨てる。

物を考える前に言葉が出てしまうのは、ひとみを高校生の頃から知っているせいか、それとも初恵自身の性格か。グラスの底に残っている野菜ジュースを勢いよくすする。

学園都市、と言えば聞こえがいい。山と田園に囲まれた台地に、東京都心からいきなり大学がいくつか移ってきて、付属の教育施設や病院や企業の研究所が建った。そこで学び、働く人々の住む団地も出来た。だが、繁華街と呼べるものは電車や路線バスで小一時間も行かなければない。

周辺の農村から浮いた新しい町で、中学校の音楽教師の呼びかけで夏祭りのために急ごしらえの市民バンドが結成されたのは二十年あまりも昔の話だ。

急ごしらえのバンドは、住民間の交流が希薄だったニュータウンの人々の心を捉え、やがて総勢四十名を超える市民吹奏楽団に成長する。

小さな町のことで、団員資格には大人も子供も老人もない。器用にフルートを操る小学生から八十を過ぎた元ジャズマンまでが週末に行われる市民センターでの練習に参加し、その中で気の合った者同士、小グループを作って県内の保育園や障害者施設、老人ホームなどに出前演奏に出かけたりもする。

フルートの北村初恵は創立メンバーの一人だ。楽器については初心者だったが事務局を仕切って立ち上げに関わった。それから二十数年経っても腕前は未だに初心者レベルに留まっている。

団員が集まらなかった当初、初恵が口説き落としてクラリネットパートに入れたのが、当時高校生だった藤堂ひとみだ。

ピアノ教師の娘でもあり、ピアノの他にも複数の楽器を弾きこなし、どれも音大合格レベルとの噂だったが本人にその気はなく、高校卒業後は東京のデザイン専門学校に進み、数年前に故郷のこのニュータウンに戻ってきた。以来、四十を目前にした今も独身のまま自宅にサテライトオフィスを構え、ウェブデザインの仕事をしている。

「で、彼にはどんな風に口説かれたの？」

無遠慮に初恵は尋ねる。

「別に口説かれたわけじゃないですよ」

ひとみはコーラルピンクのリップグロウの塗られた唇を丸め、眉を上げる。歳を重ねるほどに、若い頃の才気走った生意気さは薄れ、気だるい艶っぽさが増してきた。

あの堅物だってくらくらくるはずよね、と初恵は津田孝正のとうに中年を過ぎたのに端整なままの面差しを思い浮かべる。初恵と同年代で、やはり創立メンバーの一人、津田は当時、「教授」という愛称で呼ばれていたが、工学部の研究室で助手をしている物静かな青年だった。

成績優秀でトランペットの腕前もかなりのもので、ときおり川原や町外れの隧道で一人で練習している姿を見かけた。アルビノーニのアダージョのメロディーが、一際、憂愁を帯びて聞こえてきたときには、人妻である初恵の胸も締め付けられた。

長身で整った顔立ちと切なげな視線。ファンは多かったはずだが、津田に浮いた噂などまったくなかった。団員や大学の職員、学生などアタックをかける女性はかなりいたようだが、だれもがさりげなく躱(かわ)された様子だった。

海外の大学には幾度かフェローとして行っていたが、しばらくすると帰国して、日本にいる間は欠かさずバンドの練習に出席していた。

「ねえねえ、あっちで彼女とかできたの？」という下世話な質問を、心配半分、冷やかし半分で投げかけても、津田ははにかんだように笑うだけだ。

音楽の他には車の趣味しかない男で、バックが得意だの、扶養家族はプジョーだけ、などと口の悪い男の団員からは始終冷やかされていた。

その大切な彼女であり、扶養家族である津田のプジョーの助手席に、初恵は一度だけ乗せてもらったことがある。

十二年前、まだ二人とも辛うじて三十代だった。

だが後部座席にも同乗者がいた。

小学生が二人。初恵と同じフルートパートだが、初恵よりよほど上手で、練習や本番で助けてもらっている三年生の愛菜(まな)と、その同級生でパーカッションの裕也(ゆうや)。

秋の文化祭に向けての他のバンドとの合同練習のため、選抜メンバー十数人が、隣の市の体育館に出かけた折のことだった。メンバー数人が車を出し、一行はそれに分乗した。

津田のスポーツカーの後部座席は天井が低くて大人が乗るには辛いために、子供たちに割り当てられたのだ。初恵のママ友であり、気心の知れた母親たちは、我が子を初恵にまかせて送り出した。

親の目が離れたとたん、子供たち、とくに裕也はあこがれのスポーツカーの助手席に乗りたがったが、津田は万一の事故の際に危険だ、という理由で、決して彼らを助手席には乗せなかった。

背後から黄色い声が聞こえてきて、子供たちを預かった責任を感じてはいても、津田の隣でドライブしていることに、初恵はロマンティックな気分をかき立てられていた。

異変に気づいたのは、車がつづら折りの山道に入ってしばらくした頃だった。

後部座席で裕也とはしゃいでいた愛菜が急に静かになった。気になって振り返ったのと、裕也が派手な悲鳴を上げたのは同時だった。

ぴかぴかに磨き上げられたプジョーのシートと床が、吐物まみれになっていた。愛菜が車酔いしたのだ。

すぐさま山道のすれ違いスペースに入り、車を停めてもらい、騒ぐ裕也をなだめたり叱りつけたりしながら、初恵は愛菜を介抱したのだった。

子供たちの様子に気づかなかったことが情けなく、後悔することしきりだったが、津田の方は悠然としたものだった。

　大切な「彼女」を派手に汚されたにもかかわらず、嫌な顔一つ見せず、愛菜に優しい言葉をかける傍ら、新聞紙や雑巾で車内を手際よく掃除した。きれいになったところで子供たちを再び乗せ、その後は頻繁にバックミラーを覗いては愛菜の様子を確認してエアコンをまめに調節しながら、車が揺れないようにいっそう慎重な運転を続けたのだった。

　その優秀さと整った顔立ち、冷静な振る舞いに、「人工知能」と陰口を叩かれていた津田の意外なほどの性格の良さと温かみを知り、初恵は自分の気の利かなさ加減を反省しながら、あらためて津田に惚れ直したものだった。同時に、いくら学問に忙しいとはいえ、四十を目前にして未だに独身の津田に、早く良いお嫁さんがみつかるように、と本気で願った。

　その津田が、五十を過ぎて焦りを感じたのか、ひとみに急接近してきたのだ、という。

「チューナーが壊れたとか言うから、貸したんですよ。うちに二つも三つも転がってるから、別に返すのは次の練習のときでいいよって言ったんですけど、いや、借りっぱなしはまずいから返しに行きたいって……」

　思わず笑った。まるで中学生だ。いや、今時の中学生の方がはるかに洗練された口説き方をする。その一方で万能でイケメンの独身男の中に、唯一の弱点をみつけたようでほほえましい。

「で、どうしたの、あんた」

「しょうがないから行きましたよ、コミュニティセンターの隣のガストまで」

「ガスト？」

あまりにも雰囲気がない。

「だって、関係ない人と二人で会うのに、バーとかカフェとか、あり得ます？　だからガストを指定した」

自分が見えてないいんじゃないか、この娘は、と藤堂ひとみの高々と組んだ足の真っ白な膝頭に目をやる。

「で、次の約束は？」

「しませんよ、そんな。でも折り入って話をしたいって、しつこくメールしてくるんです。この間なんか、練習帰りに出口で待っていられて」

「で、どうしたの？」

「即行で逃げましたよ、ちょっと友達と飲みに行く約束してるからとか言って。本当に愛菜ちゃんたちとご飯食べる約束していたし」

あのときの小学生、浜中(はまなか)愛菜は、昨年、地元の医大の保健学部に入学し、理学療法士を目指している。東京の大学を希望したのだが、偏差値が足りずに一浪した結果諦め、家から通える大学に決めたと聞いている。

ところが入学してほどなく、自宅から通える距離であるにもかかわらず、独立したいと言い出して、今は学生用のマンションに住んでいるらしい。かといって親の目を逃れて遊び回っているわけではなく、三年生になると実習なども入って俄然忙しくなるからと、せっせと楽器の練習に励み、月二回の全体練習にも欠かさず通ってくる。

同じパートとはいえ初恵とは世代が違い過ぎることもあり練習場を離れれば付き合いはないが、ひとみたち三十代の独身女性たちとはよく食事に行ったり旅行したりしているようだ。

「で、津田さん、『僕も混ぜてくださいよ』とかは言わなかったんだ？」

「言うわけないじゃないですか。言われたって断ります。気前よくフレンチとか奢ってくれるタイプじゃないし。でも同じバンドだし、そのうえ地元だし、変に気まずくなるのも嫌なんですよね。どうやって断ったらいいでしょうかね……」

「そんなに嫌なわけ？」

初恵はひとみのよく手入れされてはいるが、間違い無く加齢のあとの刻まれた顔を眺める。

五十の津田と今年で三十八になるひとみ。

「十二の歳の差なら上等でしょうが」

一般企業のサラリーマンの五十歳なら定年まであと十年だが、津田の場合は国立大学の教授なので、あと二十年は現役でいける。

「歳くってたって、普通のサラリーマンと違って、学生相手の商売のせいかおじさんぽくないし、いいじゃない」

「だから歳とかの問題じゃないんですってば」

ひとみの声のトーンが一オクターブ上がる。

「ああ、そうねぇ」

自分の声色が、中年女特有の嫌みな粘性を帯びるのを初恵は自覚した。

高校を卒業後、東京のデザイン専門学校に入学した藤堂ひとみが、歳の離れた男と付き合って派手な生活をしていた、という噂は初恵の耳にも届いている。三十代も後半になって生まれ育ったニュータウンに戻ってきたのは、その男との関係が破綻したからだ、とも聞いている。噂の出所は定かでないが、ピアノ教室を開いているひとみの母親からは、ことあるごとに、娘がいい歳をして結婚する気がなくて、という愚痴を聞かされる。

結婚する気もなく年上の男と付き合い、派手な暮らしを送っていた、と聞けば、だいたい想像がつく。

「ちょっと、不良っぽい雰囲気の大人の男が好きなんですよ。付き合ってると翻弄されそうな」

ふうっ、と息を吐き出し、ひとみは再び視線を窓の外に向けた。

「好きだって家庭持ってる人じゃしょうがないでしょうよ」

とたんにひとみが眉をつり上げ、こちらに向き直った。

「妻子ある人となんか付き合ったことありません。私、不倫とか大嫌いですから」

それから小さな声で付け加えた。

「ギタリストですよ、エレクトリックギターの」

「有名人？」

思わず口をついて出た言葉に、自分はつくづくミーハーだと思う。

「サポートメンバーだから名前とか出ないけど、私は天才だと思っています。女関係も派手っていうか、激しいし、お酒もかなりだし、性格も激しいけれど……でもすごく才能があって、見えないところで努力してるとか、そういう面を見てるから、尊敬してました」

「尊敬ですかね。でも、結婚できる相手じゃなかった、と」

「結婚とか、私の中に無いから」

「なんで別れたの？」

尋ねた後に、さすがに単刀直入過ぎると反省した。

ひとみの方も見下したような視線で初恵を見た。それから唇を歪めた。

「ライブの翌朝、彼とベッドでうとうとしていたら、いきなりインターホンが鳴ったんです。『警察です、開けなさい』。で、現行犯逮捕。覚せい剤取締法違反」

「あんたが？」

「まさか。私もさんざん事情聴取されたけど」

「で、相手は塀の中。愛想尽かしたか」

ひとみはすさんだ笑みを浮かべた。

「執行猶予がついた。けど、拘置所から戻ってきた後、自助グループに入って、そこで知り合ったボランティアの女とできちゃった」

「へえ、良かったじゃない」

本心だ。ろくでもない男と取り返しのつかないことになる前に別れられた幸運を、本人は自覚すべきだ。

「で、ギターは良くてもトランペットじゃ嫌だ、と」

「別にそういうことでは……」

「弦楽器ならいいけど、金管は嫌だ？」

「そういうことじゃないですよ」

何だって他人のプライバシーに突っ込んでくるんですか、とでも言いたげに、ひとみは眉間に皺を寄せている。

「クラシックの男って、もともと好きじゃないし」

家がピアノ教室、趣味のバンドも吹奏楽で基本はクラシック、あまりにも日常的なものに魅力を感じないというのもわからないではない。

「それにああいう優等生の男、興味ない」

優等生だから嫌、という言葉に、初恵は津田の唯一の失恋事件を思い出した。唯一の失恋事件が唯一の恋愛経験であろうことが、痛ましい。

バンドの結成から間もない頃のことだから、津田も三十になるかならないかの頃だ。

相手は彼が助教をしていた大学の大学院生だと聞いている。本人は男女の仲のつもりで、ある日、相手に他の男との交際について問いただしたところ、「だれと付き合おうと私の勝手でしょ」と居直られた。その大学院生が学内の女友達に「ただの友達なのに、何、勘違いしているんだか」と言いふらしたそうで、小さな町の市民バンドの女の子たちの間で一時、話題になっていた。

「ただの友達」が、学食で昼食を共にする間柄のことだったのか、別れ際にハグする関係を指したのか、それとも酔った拍子に朝食を共にする仲のことを言ったのか、未だに謎だ。それを本人にきく勇気のある者はだれもいなかった。

練習で顔を合わせた津田は普段と変わりなく物静かで、普段よりいっそう切なげな目をしてトランペットを吹いていた。その性悪女がどれほどのトラウマを純情な男にもたらしたのか知らないが、五十を過ぎた津田は未だに独身だ。

「あのね、結婚っていうのは、男の趣味だけでするものじゃないんだよ」

初恵は、椅子をきしらせ居住まいを正す。自分のおばさんぶりは重々承知している。だが、おばさんが年下の女に教えてやらなければならないことも、世の中に一つや二つはある。

「あんた、幾つになるんだっけ？」

「知ってるんでしょ。賞味期限、切れてますよ」

ふて腐れたようにひとみは視線を逸らせた。

「味なんかどうでもいいんだよ、この際」、初恵は遮る。

「子供は欲しい？」

「それは……」

口ごもった様子が肯定を意味している。バンドの三十過ぎの独身娘たちが「男はいらない。子供は欲しい」などと盛り上がっているのを耳にしたこともある。どこまで本音か知らないが、百パーセントうけ狙いにも聞こえず、どこか切実なものが感じられた。

「子供産むなら、そろそろ限界だよ。わかってると思うけど」

一瞬置いて、ひとみのぽってりとした唇が引き締まった。

「不妊治療って、どれだけ金と暇がかかるか、あんた知ってる？」

ひとみは沈黙したまま、初恵を見つめていた。マスカラされた大きな目に真摯な表情が浮かび、初めてこくりとうなずいた。

「知ってる。医大にいる愛菜が、よく言ってる。あの子は保健学部だけど、切羽詰まった顔の女の人が、不妊専門外来の待合室に座っているって」

「なら話は簡単。そろそろ男より、子供のお父さんを探す歳じゃないの？」

「確かにそうですよね」

ようやく素直にうなずいたかと思うと、ひとみはふと視線を天井に向けた。

「生きのいい精子が欲しかったら、せいぜい三十前後かな」

「ばか」

自分なら若い男でも十分いける、と思い込んでいることも愚かだが、それ以上に隣も背後もテーブルが接近している地元のカフェで、平気で「精子」などという言葉を口にする女に、こっちの顔が赤くなる。

「あたしが言ってるのは、人格的にも遺伝子的にも申し分ない男って意味よ」

ひとみは無言で初恵を見つめる。真摯な表情に悲壮感が漂った。

「品行方正で優しくて、もちろんドラッグなんかに縁が無くて、子供が成人するまで、しっかりと稼いでくれる男」と、その艶やかな唇から低い声が漏れる。

「よくわかってるじゃない」

初恵は励ますように、その肩を叩いた。

「惚れた男より惚れられた男、か」

「そう。だいいち惚れたはれたなんて一時のもの。結婚すればただの家族なんだから」

「四十を目前にして夢を見てるわけにはいかないよね」

ひとみはつぶやくと、もう一度、ゆっくりと、深く、うなずいた。

それから伝票の上に自分の飲物代を置く。

「いいよ、いいよ、今日のところは私の奢り」と初恵はそれを押し戻す。

「いいえ、そんな、だめですよ」と初恵の皺と血管の目立つ手の甲に、きれいにネイルアートの施された手を置く。

「今日はいいの。また報告を聞かせてもらうときに奢ってもらうから」

「わかりました。ごちそうさまでした」

ひとみの存外に殊勝な態度を目にしたとたんに、少し反省した。

「相談されたというのに、反対に説教してごめんね。でも、ちょっとものの見方を変えてみるのもいいかなと思ったから」チャンスには前髪しかないから」

支払いを済ませて店の外に出ると雨が降っていた。ひとみは勢いよく折り畳み傘を広げると、初恵を振り返る。

「ものの見方を変えるっていうか、自分を見つめ直してみるべきだってことですよね、ちゃんと鏡見て」

吹っ切れたような笑みがその顔に浮かんでいた。

「鏡まで見なくていいよ。あんたどこから見てもきれいだから。どっちにしても幸せになってくれれば、私はいいんだ」

ひとみは白い歯を見せて親指を立てた。おどけた動作と裏腹に、目は真剣だった。

翌週末、初恵はニュータウンから路線バスで一時間近くかけて、市の中心にある繁華街に出た。二日前、「結果お知らせします」というショートメールがひとみから入ったのだ。

JR駅前のホテルの中華ダイニングを指定してきたのもひとみだ。ニュータウン内の店でないのは、まだ公表する時期でもないので、知り合いに話を聞かれたくないという意図だろう。

いきなり指輪を見せられることはないだろうけれど、少し照れながら余裕を見せ、楽しかった一夜について、またしてもこっちの顔が赤くなるような話を聞かされるかもしれない。

二十分も早く到着した初恵はテーブルに案内され、メニューを眺めながら、今が一番良いときよね、とこれから店に入ってくるひとみの笑顔を思い浮かべていた。

津田とそう変わらない歳なのに額がはげ上がり、赤ら顔がてかてか光っている夫と無意識に引き比べている。新聞で読んだ世間の出来事を批評しながらひっきりなしにしゃべり散らすので、娘から「男のおばさん」と無慈悲な言葉を投げつけられる夫も、知り合った十代の終わり頃は、精悍(せいかん)な面差しをした剣道部の主将だった。

ファンクラブの可愛(かわい)い女の子たちを蹴散らして結婚にこぎ着けたときは、それこそ天にも昇る気持ちだった。それでも子供が生まれた後はただの「家族」になってしまい、銀婚式を迎えた今は「男のおばさん」だ。

メニューを眺めているところに、荒々しいヒールの音が聞こえてきた。スパイシーな香水の香りとともに、レースのブラウスにデニム姿のひとみが現れ、「どうも」というつっけんどんな挨拶と同時に、どさりと正面の席に座った。

思わず顎を引き、後ずさるように椅子の背に自分の背中を押しつけた。

そうとうに機嫌が悪い。指輪も楽しい一夜もなかったようだ。

恐る恐る初恵は両手の人差し指で×を作って見せる。片方の唇だけ上げてひとみがうなずく。

ひとみの心情を無視して勝手に盛り上がった津田が狼藉でも働いたのか、それともこんな男だけは絶対だめ、と思える何か気に障る言動があったのか。

初恵が尋ねかけたのを遮るようにひとみはウェイターを呼び、初恵にきく。

「何か頼みました？」

「いえ、まだ」

「取りあえず生、グラスで。それからザーサイと餃子」

付き合って初恵もビールを注文する。

一応は、有名広東料理の老舗の看板を掲げたメインダイニングのウェイターが、町のラーメン屋のような注文を受け、慇懃無礼な態度で復唱してから去っていく。それでも生ビールを中ジョッキでなくグラスで、というのはいかにもひとみらしい。

「ばかばかしい、というか、犯罪ですよ、あれ」

　ひとみが口を開いた。

「犯罪？」

　思わず腰を浮かせた。

「何をされたの、いえ、言いたくなければいいけど」

「いえ、言っておきます。私のことじゃないけど」

「あんたのことじゃない？」

　ひとみは眉間に皺を寄せ、ほとんど三白眼になってうなずく。

　津田は、その日、ひとみの自宅まで車で迎えに来たという。ちなみに今はプジョーには乗っていない。もともと航空工学が専門でもあり、その影響からかスウェーデンの航空機メーカーの自動車部門、サーブのスポーツエステートに乗っている。

「カブリオレでなかっただけマシ。近所の人間に顔見られないで済んだ」

　そのサーブで初恵たちのいるこのホテルにやってきて、ロビー階のティールームで向き合ったらしい。

「で、いきなり菓子折を手渡されたの。お呼び立てしてごめんなさいって」

　ずいぶん形式張っているが、津田らしいと言えば津田らしい。

それから彼は居住まいを正した。

次の言葉は想像がついた。他の男ならともかく津田であれば「結婚を前提に私と付き合ってくださいますか?」

だが彼はひとみをじっと見つめ、尋ねたのだという。

「あの……浜中さんには付き合っている人はいるのでしょうか」と。

「浜中さんって」

無意識に初恵は素っ頓狂な声を上げている。

「もしかして……。お母さんの方じゃないよね」

「の、わけないじゃないですか」

ぶすりとした表情でひとみが答える。

浜中さん、と言われるとその両親の顔しか思い浮かばない。初恵もひとみも、「彼女」をそう呼んだことはない。

愛菜ちゃん、だ。いつも「愛菜ちゃん」と呼んでいる。

昨年、医大の保健学部に入った、化粧気もほとんどない、はにかみ屋で浮いた噂もない、真面目で明るくて素直で思いやりがあって、フルートが上手で……初恵を始め、周りの中年男女のだれもが「あんな娘が欲しい」と口にし、年配の男女が「あんな孫がいてくれたら」とうらやましがる、浜中夫妻の宝物。

「キモっ」

反射的に叫んでいた。他にどんな言葉があろう。

「そうでしょ、完全、キモヲタジジィです、あれ」

ひとみは身を乗り出して叫んだ。グラスを運んできたウェイターが小さく眉をひそめた。

ひとみにしてみればまずは屈辱的な経験だ。が、それ以上に生理的嫌悪感をつのらせるできごとだったようだ。

若い頃から知っている初恵のひいき目もあるのだろうが、津田には未だにぎらついたところも薄汚れたところもまったくない。年齢が行ってプロジェクトリーダーのような仕事も増えたから、物静かな男であってもちゃんと人の言葉に耳を傾けて意見を集約できるようにもなった。恬淡とした中にも、自信と落ち着きが感じられ、ますます素敵になったように見えた。二昔前の言葉で言うと、ナイスミドル。そんな津田の印象が、この瞬間砕け散った。

歳も考えずに、二十歳の、しかも学生に言い寄ろうとしている。あろうことか、幼い頃から知っている愛菜ちゃんに。

週末に渋谷で彼氏と一泊したり、六本木のガールズバーでアルバイトしていたりといった、今時の二十歳ならまだいい。だが理学療法士を目指して勉強している、楽しみと言えばバンドでフルートを吹くことだけ、しかも化粧気がないからふっくらした童顔が一見して中学生と間違えそうな、愛菜はそんな娘だ。

嫌悪感に加え怒りを覚えた。

「知ってました？　あの子、意外に巨乳なんですよね」

低い声でひとみが続けた。

「私たち、独身女でよく日帰り温泉とか、旅行とか行くんですけど、びっくりですよ」

体の線の出る服を着ない娘だからあまり目立たないが、確かに夏場など、ボートネックのTシャツの胸の盛り上がりに気づき、あの小学生が、と時の流れを感じたこともあった。あどけない顔に豊かな胸。言われてみれば確かにそうだ。

ひとみの言う「犯罪」はいくら何でもだが、昨日までの永遠の王子様が初恵の中でいきなり「気持ちの悪い男」に変わっていた。

「で、あんた、何て答えたの？　愛菜ちゃんのこと」

「知りません、って。『知っててもそんなプライベートなことに答えられません。それに今、彼女はそれどころじゃないと思います。実習は入ってないけど、カリキュラムめちゃくちゃ厳しいし、愛菜にはいろいろ将来の夢もあります』って」

非の打ち所のない答えだ。だが相手の男に判断を丸投げしたような回答で、場合によっては危険だ。

「ホントに知らないんですよ。確かによくバンドの独身女子で遊びに行くし、愛菜はうちに泊まっていったこともありますよ。でも、十八歳の歳の差って、若い子にしてみればお母さんみたいなもんなんですよ」

「へぇ」

五十の初恵からみれば、バンドの中の独身女の集まりは、まぶしい青春そのものだ。センスが良くて、きれいで、華やかで、彼女たちが群れていると、二十歳の愛菜も三十八歳のひとみも同様にきらきらと輝いていて、気後れする。

「あんたがお母さんなら、私はお祖母さんだわ」

「ってことは、津田さんはお祖父さんですよ」

「お祖母さん」については礼儀として即、否定してくれると思ったのにスルーされて大いに傷ついた。

「つまりお母さんには、あの年代の子って、自分の心の中は話さないじゃないですか。同じですよ。何か、見えない線を引かれてるんです。こっちだって立ち入らないのがルールだし」

「で、津田さんは引き下がった？」

「引き下がるかどうかなんか知りません。愛菜ちゃんってどんな趣味？　とか、好きなものは？　とか聞かれたから、きっと諦めちゃいませんよ」

守ってやらなければ、とそのとき初恵は決意した。

小学生の頃から見守っている娘だ。

津田が愛菜に近付こうとしたと聞かされたときに、なぜ、瞬時に頭に血が上ったのか、その理由を思い出した。

あれは愛菜が小学校六年生の秋のことだった。

県の文化行事に初恵たちの市民吹奏楽団が出演したことがあった。予算がつき、張り切ったメンバーは東京からそこそこ有名な指揮者を呼び、ホルストやらシベリウスやらワーグナーやらクラシックの名曲、難曲を盛大に並べ、強化合宿まで行い、本番に臨んだのだった。

有名指揮者の存在や大舞台の緊張から、メンバーは本番ではあちらこちらで音やリズムを外し、演奏自体はさんざんだったが、反省会に名を借りた打ち上げ会は盛り上がった。

初恵が五十過ぎのその指揮者のところにビールを注ぎにいったときのことだ。指揮者の隣の席に座らされていた愛菜が切羽詰まった表情で初恵を見上げた。

「どうした？」

「触るんです」と隣で別の若い女性団員と雑談している小太りの指揮者を視線で指した。

「えっ」

演奏については厳しく熱心だが、指揮棒を持たないときは高ぶったところのない愉快で気さくな「大先生」だった。信じがたいことだが、愛菜の表情が「大先生」に卑劣な裏側が存在することを知らせた。

他の大人に訴えても、意識しすぎ、とか、悪気があるわけじゃない、とか言われたと訴える愛菜の顔は、今にも泣きそうに歪んでいた。

目がくらみそうな怒りを覚えた。一瞬前まで尊敬していた「大先生」にも、「大先生」に気兼ねして愛菜を傷つけた大人にも。

即座に愛菜に向かい「あっち行ってなさい」と自分の座席を指差し、ビール瓶を手に「大先生」の隣にどっかと座った。

「何だね、君は？」

憮然(ぶぜん)として「大先生」が言った。

「お忘れですか、フルートの北村初恵ですよ、今日、リズムを外して休符でソロ吹いちゃった北村。先生にぜひ謝らなくちゃと思って」とにこりともせずに「大先生」のグラスに乱暴にビールを注いだ。本当は頭にかけてやりたかった。

慌てて止めた隣の席の同年配の女性金管奏者、服部由佳（はっとりゆか）に理由を耳打ちすると、彼女もさっと立ち上がった。やはりビールの瓶を手にすると、「大先生」の向こう隣に座っていた若い女性を押しのけて間に割り込んだ。

結婚するまで地方局でアナウンサーをしていたという由佳は、エクステした睫（まつげ）をばさばさせながら、「先生、先生」と香水臭い大柄な体を押しつけ腕を絡ませる。女からの露骨なアピールを毛嫌いする「大先生」は露骨に嫌な顔をしたが、熟女年代にさしかかった二人は、不機嫌になった「大先生」の小太りの体を両脇から挟み、そのままお開きになるまで離さず、子供や若い女性たちへのセクハラを防いだのだった。

愛菜は二十歳になったが、すれたところなど少しもない娘だ。そしてあのとき同様、泣きそうな顔で訴えてくる様が浮かんだ。

「告白されたんです、追いかけられているんです。お父さんみたいに思っていた人に。気持ち悪いんです」と。

必ずしも初恵の妄想ではなかった。

翌週末の練習日、津田が愛菜に話しかける機会をうかがうように、もじもじと彼女に近付こうとしているのを見た。練習中も振り返れば、津田がトランペットを膝に置いた姿勢で愛菜の方に切なげな視線を投げかけている。背筋の毛が逆立つような気味悪さを感じた。

二十年以上、あこがれをもってみつめてきた男は、初恵の中で身の程知らずのおっさんどころか、変質者に変わっていた。

だが、彼にはあの指揮者のように無抵抗な子供にいたずらをする卑劣さはない。ただ、幼い頃から面倒を見た、成人してもなお少女にしか見えない女に恋心を抱き、交際を申し込もうとしている。悪気の無いことはわかっているが、あり得ない。

思えば自分が二十歳の頃、アルバイト先の図書館で声をかけてきた二十七歳の男性職員が気持ち悪かった。一緒に仕事をしているときは何とも思わなかったが、男女の付き合いを求められたとたん、その髭(ひげ)の剃り跡の青々とした濃さも、がっしりした指も、世間の垢(あか)をまとったような説教臭いしゃべり方も、学生仲間のしゅっとしたアルバイト男子と違って脂ぎって、男臭く、とてもではないが恋の対象としては見られなかった。

何かと近付いて来られるのが嫌というより、怖くなって、アルバイトも途中で辞めてしまった。

二十三歳のときには、職場の男の先輩が企画した合コンで、会場に着いてみたら相手は独身とはいえ四十間近の男ばかりだったので、女子全員が激怒し席を蹴って帰ってきたこともあった。

気持ちが悪い。ボーイミーツガール。人の本能は、歳に見合った相手を選び、不自然な歳の差を拒絶するようにできている。

二十数年経っても、ほとんどメンバーの異動のない趣味の会では、大人は年月の流れを忘れる。だが子供と若者にとっての二十年はとてつもなく長い。進学し、卒業し、社会に出て、人によっては結婚もする激変の年月だ。

だが何も変わらなかった者もいる。

学生、院生、研究員、教員として、立場は変わってもずっと研究室で過ごし、二週間に一度、地域のこれまた見飽きたメンバーとともに趣味の音楽を楽しむ。そしてある日、突然、自分のプライベートな生活の欠落に気づき、焦り始める。

これからは練習帰りには、少し気をつけてやらないと、などとひとみに耳打ちしていると、果たして休憩時間に、津田が愛菜に近付いて来た。

礼儀正しい笑みを浮かべて津田を見上げる愛菜に、津田が大きな封筒を手渡している。

「嫌だ、付け文」と言うと、周りにいた若い女と愛菜から「付け文って何ですか？」と尋ねられた。

「何をくれたの？」と尋ねると、愛菜はみんなの前で躊躇（ちゅうちょ）なく封筒の中身を取り出した。

その顔が輝く。

「ありがとうございます。すごくうれしいです」

若い子たちが好きなアイドルグループの曲をフルート用にアレンジした楽譜だった。

「耳コピで編曲したから、コード進行が間違っていたらごめんなさい」と津田が照れたように言う。自慢はしないが、音楽的教養もある男なのだ。

二十歳の女の趣味を調べ上げてのことであったとしたら、おそらくそうなのだろうが、気味が悪い。

そして案の定、練習後、飲んで帰る大人たちと別れて一人でエントランスの階段を下りていく愛菜を津田が追っていった。車で送ってやるとでも言ったのだろう。

愛菜は、やはり五十男の意図を見抜いていたようだ。

「あ、大丈夫です。お父さんが迎えに来てくれるんで」という声が聞こえた。

「父」「母」ではなく、「お父さん」「お母さん」。愛菜は相変わらず、他人との会話で自分の両親のことをそう呼ぶ。

そんな娘を親も手元から離したくないのだろう。自宅から出して、医大裏門脇にある学生用ワンルームマンションでの一人暮らしを許したのは、この先、実習なども出てきて夜遅くなるかもしれない、という理由かららしいが、愛菜の両親は週末の練習後は必ず娘を実家に帰らせ、家族とともに過ごさせている。

父親は必ず迎えに来るわけではないのだが、この日は来ることになっているようだ。あるいは津田を避けるためにとっさについた嘘かもしれない。

「愛菜ちゃん」と初恵が声をかけたとき、市民センター裏手の駐車場から、確かに父親がやってくるのが見えた。

親の面前でもあり、「困ったことがあったら、私に言って」という言葉を初恵は呑み込み、その父親と世間話を交わし、愛菜と別れた。

翌月の練習日に愛菜は来なかった。

津田の目に憂鬱そうな表情が浮かんでいた。たぶん前回の練習後、車の中で愛菜は父親に相談したのだろう。愛菜の父はスポーツマンで音楽の趣味になど無縁の人物だ。バンドで娘につきまとう自分より年上の男の話など聞いたら、即座に娘のそんな活動など止めさせるだろう。自分が親であっても同様だ。

初恵にしてみれば、可愛い愛菜が練習に来ないのは、やはり淋しい。淋しいだけでなく音楽的にはパートリーダー的存在の愛菜がそばにいないと、相変わらずフルートの下手な初恵は吹けない。

そして練習が終わったとき、事務局を仕切っている男から、愛菜がたちの悪い夏風邪を引いてしまい、しばらくの間、楽器は吹けない、と話があった。

「無理しない方がいいよね、ただでさえ頑張っちゃう子だしさ」などと、独身女子グループの人々が話している。彼女たちは普段からラインで愛菜とやりとりをしているので、体調の悪いことは知っていたらしい。

だがその話を聞いたとたん、津田の目に切実な表情が浮かんだのを初恵は見逃さなかった。

目があった瞬間、津田が話しかけてきた。

「彼女、確か、一人暮らしですよね」

一瞬、身構えて口をつぐんだ。

「心配ですね」

「心配ったって、親がいるわけだから」と初恵は突き放すような言い方をした。

「それならいいけれど」と答えた津田の顔が納得していない。

何かまた悪気はないが独りよがりの行動を起こすかもしれない、と踏んだ。

初恵はひとみに近付き、耳打ちした。

「ちょっと来て」

ひとみはうなずいた。

ワンルームマンションで一人臥せっている愛菜を守ってやりたいが、長年の仲間である津田に恥をかかせたり、ましてや傷つけるようなまねはしたくない。

これから独身女子同士で飲みに行くつもりでいたひとみも、すぐに事情を察したらしい。

この日に限って車で来なかったことを初恵は後悔した。

後悔しながら携帯電話でタクシーを呼ぶ。

しばらく待たされた後、ようやく市民センターの車寄せにタクシーが入ってきた。

ドライバーに向かい、「カレッジハウス　フロラシオン」と愛菜の学生用マンションの名前を言う。

タクシーに乗ってから気づいた。

「具合悪いなら親元に帰ってるよね」

ひとみは「それはない」と一言のもとに否定した。

「熱もないし、親に言うといろいろうるさいから具合悪いなんて言えないって、ラインにあった」

「そんな……」

うるさい、というより親に心配をかけたくないのだ。その気丈さが切ない。だがそんなところに、勘違い甚だしい五十男がやってきたりしたら。

もちろん学生用マンションだけにセキュリティはしっかりしているのだろうが。

タクシーを待っていた十五分の間に、津田のサーブは到着したかもしれない。

オートロックくらいはあるだろうから、そこでシャットアウトされるだろうが、相手は見知らぬ男、あるいはつい最近知り合ったばかりの男ではない。幼い頃から面倒を見てもらっているおじさん、だ。あるいはひとみの言葉を借りれば、「お祖父さん」だ。嫌だと思っても断れず、建物内に入れて、自室の扉前で応対することになるかもしれない。だが、そこはもう部屋と同じだ。

気が急く。

やがて丘を登った大学裏門、ほとんど大学の敷地内のような場所に建つ中層建物の前でタクシーは停まった。

エントランスを入って驚いた。オートロックではない。狭いロビーの奥がすぐにエレベーターホールになっている。無防備なことこの上ない。脇に管理人室があるが、その小さな窓口には札が立てかけてあった。

「館内巡回中」

管理人が津田をみつけて中に入るのを阻止してくれれば良い、ということではない。

館内をうろうろしたり、女性の部屋の扉前で押し問答をしている五十男を管理人がみつけたら、愛菜の受け答えによっては即座に一一〇番されてしまう。それはそれであまりに津田がかわいそうだ。

「愛菜ちゃんの部屋の番号は?」

ひとみに尋ねた。

「あれ、北村さん、知らないんですか」

「あんたも?」

「ラインで用が足りるし、あの子の部屋に上がることはないから」

若い娘たちの交際というのはわからない。それともこれがあの華やかな独身女のグループの中に引かれている一線なのか。戸惑っていると郵便受けの名前からひとみが愛菜の部屋番号を見つけ出した。

二階だ。

エレベーターを降り、廊下に並んだ各戸の番号から愛菜の部屋を探していたとき、非常階段の扉が開き、男が姿を現した。津田だ。

「あ、どうも」

少し気まずそうな顔で津田は頭を下げた。

「お二人もお見舞いですか」

片手にニュータウン内のスーパーマーケットにあるデリカテッセンの袋を提げている。そこに寄ってから来たのだ。

「お見舞いって、津田さんね」

思わず説教口調になった。

「はぁ……」

非常識で、勘違いで、善意の、恋する男は、間の抜けた声を出した。

それと同時に目指す部屋を見つけた。

娘を守る母親のように初恵はその扉を背に立ちはだかった。

「女性一人住まいのところに押しかけるってどういうことか、わかるでしょ。通報されるわよ」

「あ……つい、その……小さい頃から知ってるもので」

ごまかし方が痛い。

「小さい頃から知ってたって、もう一人前の女性なの。一人前の女性が病気で寝てるの。お化粧もなし、パジャマ姿で、頭もぼさぼさ。そんな姿を見られたいと思う?」

無意識のうちに相手を傷つけない物言いをしているのは、年の功だ。

津田ははっとした顔をした。

「すみません」と直立不動の姿勢になった。

そのとき背中と後頭部に衝撃があった。

「ごめんなさい」と悲鳴のような声がする。

声を聞きつけ、愛菜が外側開きの扉を開けたのだ。

パジャマではない。フリースの部屋着姿だった。マシュマロタッチの上は白とピンク、下は白。普段は化粧気がないのに、なぜかうっすらと化粧をしている。ピンクのリップクリームでつやつやにした唇が色っぽい。いつもゴムで後ろ一つに束ねられている髪は、ゆるく片側に寄せてシュシュでとめてある。

もしかして津田の訪問を待っていた？

そんなばかな……。

現に彼の顔を見て、愛菜は少し困ったような表情をしている。

「あ、すいません。これ、気持ちだけですが、お大事に」

津田は気まずそうに頭を下げると袋を愛菜に押しつけ、逃げるように去っていった。

「わかってないわ、あいつ」とひとみがかぶりを振って、自分のこめかみをもんだ。

「とりあえず、ちょっとだけいいかしら」と初恵は、愛菜の部屋の玄関に体を滑り込ませる。

「あ、どうぞ。掃除してなくて恥ずかしいんですけど」と愛菜ははにかんだような笑みを浮かべる。

「こっちこそ、具合の悪いときにごめんね」と靴を脱ぐ。ひとみがためらいながらついてくる。

学生用マンションだから、普通のマンションのように室内に廊下はない。入るなりキッチンで、その向こうのベッドが丸見えだ。

「お茶、いれますね」

「とんでもない。すぐ帰るから。具合が悪いなら布団に入っててね。あとでおかゆ作ってあげるわ」

「いいですよ、そんな」

まったく迷惑そうに聞こえない人なつこい口調で愛菜は辞退する。どこまでも可愛らしい娘だ。

フローリングの床の上のビーズのクッションを初恵とひとみに勧め、愛菜はベッドを背に正座した。

「あ、いいから」と初恵が言うと、すんなりと足を崩す。

傍らでひとみがあぐらをかき、津田から渡された紙袋を指差した。

「何、入ってる？」

愛菜が中身を取り出しローテーブルに置く。

チェーン系高級パン屋のサンドイッチとサラダだった。具はターキーとオニオン、フルーツと生クリームの二種類だ。

「あんた、好みをチェックされてるね、あのオヤジに」とひとみが鋭い口調で言う。

さらにレトルトパックのおかゆが三食分。自分より気が利く、と初恵は軽い劣等感を覚える。

一番下はリボンのかかった箱だ。中身は愛菜の大好きなフォションのマカロンらしい。

「あの、今、紅茶を」と立ち上がりかけたのをひとみが止め、「お湯、沸かしていい？」とキッチンを指差す。女同士であっても、台所のものに触るときには、きちんとそう声をかけるのか、と初恵はまたもや彼らの付き合い方のルールを知らされる。

「あ、これで」と愛菜がローテーブルの上の電気ケトルのスイッチを入れた。

一旦沸かしてあったらしい。すぐに保温に切り替わった。

愛菜はミニ食器棚からマグカップを三つ出し、それぞれに紅茶のティーバッグを入れる。

「あ、もったいない。一個で三杯分出るから」と初恵は反射的に二つを箱に戻す。

リボンを外し、包み紙を取った愛菜が、あっと小さく声を上げた。

「ちょっと、ごめん」

ひとみがすばやく包み紙から落ちた小さなカードを拾い上げ、読み上げた。

「一日も早く治してください。元気になったらあらためてご挨拶にうかがいますが、私と結婚を前提にお付き合いしていただけますか」

愛菜は小さく眉をひそめ、ひとみは嫌悪感を丸出しにして鼻から息を吹き出した。

若さゆえの残酷さを痛感しながら、初恵は口元を引き締め愛菜の手を握った。

「大丈夫、大丈夫。あたしが、がつんと言ってやるからね」

「いえ」

毅然（きぜん）とした表情で愛菜は顔を上げた。微熱を帯びたような瞳がきらきらと光っていた。

「私からメールでちゃんと伝えます。そんな気はないということを」

「でも……」

逆上したり、ストーキングを始めるような男ではない。そう信じたいが。

愛菜はひとみがいれてくれた紅茶に視線を落とし、ふっと微笑した。彼女らしからぬ大人びた表情に初恵は驚く。

「私が悪いんですよ」

「何だって？」

　思わず腰を浮かせた。

「悪くない、悪くない」と愛菜の両手を摑んだ。

「絶対、愛菜ちゃんのせいじゃないよ。スキがあった、なんていうのはバカな大人の卑怯な言い方なんだよ。セクハラはセクハラ。バカな大人たちの言うことを鵜呑みにしちゃだめ。私も悪かった、なんて対応は、絶対にだめ」

　フェミニズム世代の常識だ。

「いえ」

　愛菜は悲しそうな笑みを浮かべた。

「私ね、大好きだったんですよ、津田さんのことが」

「はぁ？」

　ひとみが眉をひそめたまま、大きく口を開けた。

「優しくて、イケメンで。いっつもそばにいたくて、車に乗せてもらったときすごくうれしかったのに、吐いちゃって。でもそのときも、津田さん、すごく優しくて。それでいつも言っていたんです。大きくなったら津田さんのお嫁さんにしてね、って。早く大人になるから、そうしたら、絶対、結婚してね、って。津田さんは、『わかった、愛菜ちゃんが大きくなるまで待っててあげるよ』って言ってくれて。で、私は『じゃあ、指切りね』って」

「ちょっと、おかしいんじゃないの」とひとみが甲高い声を上げた。

「あ、ごめん、おかしいって、愛菜のことじゃないよ。あのオヤジのことよ。たかが子供の話じゃない。あんたそれ二十年も前の話でしょ」

「二十年前なら生まれたばかりですよ。小学校の二、三年生くらいだから、十二年前」

津田は当時三十八歳。五十の人間にとっての十二年は振り返ればあっと言う間だ。

いや、彼とてそんな小学生との約束を盾に交際を迫るつもりなど毛頭なかったのだろう。

津田にとっては、ただの知り合いの可愛い子だった。そして独身主義でもミソジニーでもないのに、日本と海外を往復しながら研究と大学教員としての仕事に明け暮れるうちに、順調な出世と引き替えに、結婚のチャンスも恋愛の機会も逃してしまったのだ。

このまま孤独な老いを迎えるのかと思ったとき、目の前に、成熟とはほど遠いながらも、清純な娘に成長した愛菜がいた。

わかっている。それでも、「歳、考えろ」と思わず声に出していた。

「で、それが私なら似合いだって思ったわけ、北村さん？」

ひとみに突っ込まれた。

「ごめん、でも、四十前なら」

「三十八」

「だから、ごめんと言ってるでしょうが」

「あの」

仲裁するように愛菜が言葉を挟んだ。

「どっちにしても、私、きちんと自分の気持ちを伝えます。津田さんのことを尊敬しているし、今でも大好きだけれど、それは男の人として好きとは少し違うって。お見舞いに来てくださったことをとっても感謝していますって。津田さんはそれでわかってくれるはずだから」

この場で一番大人なのは、愛菜だった。

「心配かけてごめんなさい。それからお父さんとお母さんには、言わないでください。心配するし、あの二人、私のことだと何も見えなくなるから。津田さんにひどいことを言うかも知れないから」

「はいはい」

津田にひどいこと、だけでなく、即座に娘の学生用マンションの賃貸も解約させ、家に連れ戻すだろう。当然、バンドの活動も禁止だ。少なくとも自分の娘の身に同じことが起きたら、自分はそうすると初恵は思う。

だがお父さん、お母さんという子供っぽい言葉遣いや、あどけない顔つきとは裏腹に、愛菜は成熟していた。子供時代のことはいえ、自分にとって都合の悪いことをさらっと打ち明け、津田の気持ちについての配慮も忘れない。

「みんな知らないうちに大人になっていくなぁ」

思わずため息をついた。

「そう、歳取っていくんですよ」とひとみが身も蓋もないことを言う。

そのときインターホンが鳴った。

「はいっ」と愛菜が可愛らしい声で返事をして玄関の方に走っていく。

津田が戻ってきたのか、それとも両親か。

緊張して初恵とひとみは後に続く。

「あ、遅かったね」

丁寧語ではない、友達言葉。

男が立っている。津田ではない。青年、というより初恵から見れば少年だ。すらりと長身の、アイドル系のくっきりした顔立ちで、短い髪を箒(ほうき)のようにおっ立てた男が、パーカーにジーンズ姿で、片手にスーパーマーケットの袋を提げて立っている。

薄化粧、可愛い部屋着、そしてすでに沸かしてあった電気ポットのお湯……。

こういうことか、と認めがたいまま納得している。

「バンドの先輩で……」と愛菜が、初恵たちを紹介する。

「初めまして」と「少年」も礼儀正しく頭を下げる。

保健学部の同期生ということだ。

「少年」は二人の女に視線を走らせ、「じゃ、これ置いて帰るから」と愛菜にささやく。

主婦の本能というべきか、反射的に中身を確認していた。

ブロッコリーとハム、ミルク、食パン、野菜ジュース。一人暮らしが板についた学生だというのがわかる。

「ううん」と愛菜は「少年」を見つめて首を横にふる。

媚(こび)も甘えもなく、「作って作って。ヒロ君、作った方が絶対、おいしいから」と普通に言ってのける。

少年が、「いいの?」と困ったように初恵の方を見る。

「あら、じゃ、ごちそうになっていこうかな」とひとみが言い、「うそよ、帰ろう」と初恵の手を取る。

自分たちの出る幕ではない、と思い知らされた。

子供は知らぬ間に若者になり、大人になっていく。すでに大人になっている者はその成長について行けずに右往左往する。

「それじゃ、愛菜ちゃん、くれぐれもお大事に。早く治して」

そう声をかけて部屋を後にした。

ひとみが閉まったドアに向かい叫ぶ。

「ちゃんと避妊しろよ」

「ばか、何言ってんのよ」

顔を赤くして初恵は怒る。

何だか急に津田が気の毒になった。

夕暮れの川原で、切なげな目をしてアルビノーニのアダージョを吹いていた青年の姿が、胸が詰まるような感傷的な気分とともに鮮やかに瞼(まぶた)によみがえる。

説教師　ボーイミーツガール2

「それって、自分がわかってないというか、」

宴たけなわというほどではない。さほど酒も回っていない。周りも本人も。

「国立大学の教授って、社会的な地位は高いですから、そういうものに目がくらむ人も確かにいますけど、だけどそういう人ばかりじゃないですから。というか、やっぱり普段からいろいろな縁を大事にしていくってことが大本にあって、そのうえでの恋愛とかでしょう」

説教を垂れているのは打楽器を担当している真美だ。大きな目と少し上向いた鼻、小さな口元。華やかな女性の多い吹奏楽団の中でも、一際目を引く可愛らしい風貌だ。小柄だがめりはりのある体型。引く手あまたの魅力的な娘だ、と由佳はため息をつく。口さえ開かなければ。

傍らで五十も過ぎた独身男、津田孝正が困ったような顔で肩をすぼめている。

アマチュア吹奏楽団の金管と打楽器パートのメンバーは、練習後に誘い合っては「反省会」と称して、会場近くのファミレスで宴会をする。居酒屋と違いフロアが広いから大きな楽器も置けるうえに、並のチェーン系酒場より安い。メンバーの中には宴会だけを楽しみに練習に参加する者もいる。もちろんそこで音楽上の反省点など議論するわけはなく、ワインやビールで赤い顔をした中高年と少数の若者で盛り上がる。金管パートの紅一点、ホルン吹きの服部（はっとり）由佳もその常連だ。

普段、こうした席には顔を出さない津田孝正にとっては、この日、誘われるままについてきてしまったのが運の尽きだった、というべきか。

三十も年下の団員の女の子に求婚して、変質者扱いされかけたが、おばさんたちに止められ、事なきを得た。そんな事情は女性たちの間では周知の事実になっていたが、男たちは知らない。

見た目が端整で能力も高く、世事に疎いがおよそ悪気の無い津田がこのまま一人で老いていく、というのは気の毒というより残念でもあり、何とかしてやりたい、と思うと同時に、自由で気楽な独身者への羨望も感じている、というのが男たちの気持ちだろうか。

隣に座った同年代のトロンボーン吹きの吉武（よしたけ）が自分の顎鬚（あごひげ）を撫でながら「津田さん、ぶっちゃけ、付き合ってる女性とかいるの？」と尋ねた。

「特にいません」という普通の返答が、端整な容貌ゆえに、妙にとりすました印象を帯びるのは津田のせいではない。だが、その瞬間、他の団員から冷やかしの言葉が飛ぶ。

「まだまだイケてますよ、津田さん」と由佳は持ち上げ、次に「少し積極的に出るのもいいんじゃないですか、ただし歳に見合った相手に」と落としてやる。

「はあ」

戸惑ったように頭を掻いていた津田に「そのためには、自分の中の価値観をどう変えるかですよね、女の人だけじゃなくて人生についての」と、いきなり話に割り込んできて、上から目線の言葉を放ったのが、弱冠二十八歳の花岡真美だった。

ああ、と由佳は天を仰ぐ。

だからあんたは嫌われる……。

可愛らしい顔立ちに加えて良く気が回る、何でもできる、若い女の中のリーダー的存在で、意地悪なところもない。

だが嫌われる。特に男からは。アイドル風の風貌だが、倫理観はしっかりしている。間違ったこと、乱れたことは嫌い。だから女友達は安心して仲間の独身男を紹介する。雑用も積極的に引き受け、表裏無く良く働くから、おばさんたちも知り合いの若い男と引き合わせてやる。中には自分の息子を紹介したおばさんもいた。だが真美はことごとく玉砕した。

そして今、この場で、五十過ぎの「地位のある男」に向かい、真美はなおも説教を垂れていた。

「津田さん、少し前にカリフォルニアから戻ってきて、一時大学で浮いてたことがあったじゃないですか。そのとき、ここのみんなが支えてくれたんですよ」

「俺、支えるようなことは何もしてないけど」と団員の一人が混ぜっ返し、「いえ、感謝していますよ」と津田が微笑する。

「そういう人の縁が……」

真美の説教はかまわず続く。誠実ではあるが、人の気持ちを感じ取り、それに寄り添ってきちんとコミュニケーションできない津田のことを批判しているのだが、そのあたりの鈍感さは自分も大差無いことに、この小娘は気づいていない。由佳ははらはらしながら、視線で「やめなさい」とサインを送るが、それに気づくくらいなら、はなからそうした言動はない。

そのとき「真美ちゃんよ」と吉武がそこそこ酔いが回った赤い顔で真美の隣に来た。

ピッチャーのビールを真美のグラスに注ぎながら、「まあ、我々から見ると二十代なんて若輩者なんだが、よくそう人生がわかっちまったものだと、僕は常々感心してるんだよ」

さすがに失態に気づいたのか、真美は口をつぐんだ。

重たい楽器ケースを下げ、由佳は丘陵地の住宅地に向かう最終バスに乗り込む。男たちはまだ飲んでいたが、田舎町でタクシーも呼びにくい事情があるので、彼女はいつもこのバスに合わせて中座することにしていた。傍らには同方向に帰る真美がいる。

「あたし、また、やっちゃったんですかね……」

座席に腰を下ろすなり、ぽつりとつぶやかれて、少し意外な感じがした。なんだ、わかっていたのか、と。

「やっちゃったわね」

由佳は率直に答えた。

「でも、あのままだとホントに津田さん、悪気が無いのにストーカー扱いされたりとか、いろいろ誤解を受けるかな、とか思ったんですよ」

「おじさんのことなんか放っとけばいいのよ、若いあなたが気にかける必要なんか無いじゃないの」

「でも」

「それとも彼のこと、ちょっと気になる？」

「あり得ませんよ、そんな。そういうことじゃなくて」と否定する。嘘ではない。個人的な好き嫌い、色気などとは無関係に、真美は相手かまわず説教する癖がある。

「実は、この前も職場の後輩と気まずくなっちゃって」

「ああ……職場で」

バンドのような趣味の会ではないからさらに深刻だろう。男からは特に嫌われる真美の勤務先は、地元の大学病院だがスポーツ医学に特化した部署で、圧倒的に女性スタッフの多い院内では例外的にトレーナーや理学療法士など男だらけだ。

「出張帰りの電車の中で、後輩に説教しちゃったんです。無意識に個人プレイをやっちゃう子で、先輩に怒鳴られっぱなしで、それでつい、私たちの仕事はこれこれこういうものだから、あなたのここを直せばいいんだよ、と言ってあげたつもりなんだけど、それ以来、口きいてくれないんです。パワハラする男の先輩には懐いているのに。女の先輩から注意されるって、そんな悔しいんですかね」

「男とか女とかの問題じゃないのよ」

由佳はため息をつく。どんな言い方をしたら穏やかだろう、と頭を巡らす。疲れる。

「つまり、上から目線だと、その後輩は感じたんじゃないのかな」

感じたんじゃなくてまさに上から目線そのものなんだけどさ、という言葉が喉元までこみ上げる。

男だけならまだいい。真美の説教癖は、ときに年上の女に対してまで出るから始末が悪い。

つい先日の定期演奏会の折、楽屋で女性ばかりで弁当を食べていたとき、舅、姑、実母を二十年以上もの介護の末に看取り、今はシングルマザーの姪の二人の幼児を育てている苦労人の六十女に向かい、真美は言った。

「偉いですね。大きな仕事をしたり地位があったりする男の人たちよりずっと偉いです。そういう誠実な生き方をしていればこそ、人は慕ってついてくるものですから。苦労は必ず報われてこの先は幸せな人生が待っていると思いますよ。頑張ってください」

苦労人は苦笑して聞き流し、周りの女性たちは、ある者は呆れ、ある者は微妙な顔で互いに視線を交わし、楽屋は静まり返った。

「まあ、必ずしもそうもいかないのが人生だからね」

由佳と同年代の中年女、北村初恵だけが鼻先で笑った。目に余る若い女の言動についてはだれかがガツンと言ってやらなければならないのだが、学園都市のアマチュア吹奏楽団のメンバーは良くも悪くもリベラルで、都会的だ。女は多いが「姑」や「お局」はいないし、なりたがらない。唯一、世話焼きな初恵にしても、年長者に人生を説く未熟な説教魔に意見する徒労感を幾度も味わっているから、今さら真剣にたしなめることもない。

しかも真美が口先だけの生意気な女ではないから余計に始末が悪い。歳こそ若く、世間一般の苦労は知らないかもしれないが、修羅場をくぐってきている。関西出身の勤務医の娘だが、この町にある大学の医学部ではなく体育学部を卒業し、医者にならずに看護師としてこの町の大学病院に勤めている。救急救命士の資格も持ち、災害支援ナースとして幾度も被災地に派遣された。

それだけではない。以前勤めていた国の機関では、緊急援助活動のために、感染症と暴力が蔓延（まんえん）する西アフリカに赴き、数ヶ月間活動してきた実績もある。何かの拍子にトリアージの話や難民キャンプ内で行った手術の話などが出てきたが、それらの話題で真美が得意げに話すことは決してない。話してくれればみんな熱心に耳を傾けるのだろうが、無分別にしゃべり散らすには重すぎる内容であることを承知しており、それ以上に思い出したくないこともあるのだろうと由佳は推測している。代わりにというべきか、人生はこういうもの、人間こうあるべき「論」が、その口から飛び出してくる。

今、バスの中で打ち明け話をされても、ご立派な若輩者にかける言葉はなかなか見つからない。

「真美ちゃん、若いのにいろいろなものを見てきているし、何でもできるし、間違ったことはしないし言わないし、家庭を安心して任せられる人なの。でも男って、ばかな生き物だからそんなことで女の子を選ばないのよ。だから、ちょっと屈んで目線を低いところから合わせてあげたらいいんじゃないかしら」

ためらいながら慣れない説教をする。相手のレベルまで屈んでやるのは由佳の得意技だ。若い頃、地方局のアナウンサーとして活躍し、結婚してこの町に移り住んだ後はフリーライターとして、雑誌やネットに記事を書いている。

中年を過ぎれば容赦なく切り捨てられる厳しい世界だが、仕事にあぶれたことはない。自分のセンスや文才を振りかざす他の同業者と違い、読者の視線まで屈んで記事を書いてやることができるからだ。何より仕事を回してもらえるのはコミュニケーション能力ゆえだ。

仕事だけではない。まもなく五十になる今も、男たちからは頻繁に声がかかり、色っぽいと賞賛される。セクハラもするりと躱し、あるいは返り討ちにし、それもたしなみの一つと心得ている。その一方で同性から反発を買うこともない。

プライドも能力も高いからこそ、ひょいと屈んで相手を見上げてやれる。それで男など掌の上で転がせる。女に対しては同じ高さに視線を合わせて精一杯の共感を伝える。これぞ女子道、と心得て生きてきた。

「私そういうの、嫌、ですから」と、真美からは軽蔑の視線とともに切って捨てられることは覚悟していた。だが真美は、これまた若い女らしからぬ腕組みポーズで、「そうですかね」と首を傾げるばかりだ。

「具体的にはどんな風にすればいいんでしょうか」

意外に可愛いところがある。しかし具体的に、と言われると困る。まさに生き方の問題なのだから。

実は、と真美は、来月、バンドの二十代の女たちのグループでグアム島に行くことになっていると言う。そういえば木管パートの独身女たちがそんな話をしていた。

当初は女子会のつもりだったのだが、途中から彼氏連れ、彼氏の友達連れ、ということで四対四の合コン旅行になったらしい。

「と、いうか、気を遣ってくれたんですよね。私、彼氏いない歴二十八年だから」

「大げさでしょ」

「こっちはそのつもりでも相手は、『はい、対象外』。で、もう六〇〇回くらい振られてますよ」

「六〇〇回」に力を込めて、真美は鼻の穴を膨らませる。

「寅さんじゃないんだから」

「それ、なんですか？」

世代の断絶を感じた。

「日本の男が合わないんじゃないの？　青い目の彼とかどうなの、援助で行った国にはアメリカやヨーロッパからスタッフが入っていたでしょ。向こうの男って、ちゃんと自己主張できる子が好きなんでしょう」

さきほど必要な助言はしたので、それ以上の説教はしない。

真美は無言でかぶりを振った。

「いい人もいますけど、医療スタッフの欧米人って、基本、私、嫌いです。現地の女性スタッフを弄んだり、オフのときはめちゃくちゃふざけたことやりますから。そりゃ普通の神経じゃやってられない現場ですけど、だからってストレス解消に現地で何やっても許されると思っている傲慢さが私は許せない」

「『許せない』……か。で、彼らに説教はしたの？」

「しましたよ」

「で？」

「鼻で笑われましたよ、挙げ句に」と押し黙った。

「何か言われたの？」

「君に人生のニュアンスはわからないよ、リトルガール、って。私、リトルガールじゃないですよ」

だれかれかまわず人生を説きはするが、人生のニュアンスはわからない。どこ行ってもモテない。西アフリカくんだりまで遠征しても男に縁が無い。

「それじゃあ」と真美は慌てた様子で立ち上がる。彼女の降りる停留所に着いていた。

「グアム、楽しんできてね」と由佳は見送る。

　無防備に日焼けした姿で真美がやってきたのは、金管とパーカッションのメンバーが市内のコミュニティセンターでパート練習を行った翌月初めのことだった。色は黒くなったが、大きな目とつんと上向いた鼻に歯の白さが際立って、可愛らしさが増したように見える。しかし容貌に不釣り合いな落ち着きぶりと愛嬌（あいきょう）のなさは普段と変わらない。

「よっ、真美ちゃん、南の島に行ってカレシは見つかったの？」

　譜面台と椅子を運びながら吉武が尋ねる。若い女性たちの合コン旅行の話は練習欠席の理由として団員に知れ渡っていたが、男たちにとっては恋愛話など興味の対象外なので、話の切り出し方もデリカシーに欠ける。

「は？　見つかりませんよ」

視線を合わせないまま真美は楽器をセットしている。

「部屋割はどうだったのよ？」

別の方向から声が飛ぶ。

「男女で分かれたに決まってるじゃないですか」

さらに冷やかしの言葉が続きそうなのを由佳は「はい、それ以上はセクハラ」とやんわり止める。

実のところ、この日、集合時刻直前になって雨が降ってきたため、由佳は車で来る途中、真美のアパートに寄って彼女を拾ってきたのだ。車中で旅行の顚末（てんまつ）については聞いていた。

参加したのは男四人に女三人。男女の数が同数でなかったのは、彼氏とともにツアーに参加するはずだった浜中愛菜（はまなかまな）が、ちょうどその時期に研修が一日入ってしまい急遽（きゅうきょ）キャンセルしたからだ。だが彼氏の方は参加した。格安パッケージツアーのためにキャンセル料が高かったというのが理由らしい。

「カレシが一人で合コンツアーに参加って、ちょっとヤじゃない？」

真美たちがグアムに行っている間にあった練習会の折に、メンバーの女性からそう尋ねられると、愛菜は「えー、ぜんぜんですよぉ」と笑ってスマホの画面を見せてくれた。

「そもそも合コンなんかじゃないし」

　出発前の成田空港から愛菜の彼氏は延々と写真とメッセージをラインで送ってきていた。ほとんどストーカーだ、とみんなで大笑いした覚えがある。

　真美の話によれば、仲間が真美に紹介するつもりで連れてきたのは高木(たかぎ)という男で、参加メンバーでは一番年かさだったらしい。

　運動具メーカー勤務で、嫌みの無い大人の男で、真美とはすぐに打ち解けたという。

　周りもそのつもりなので、さりげなく真美と高木を二人にしてくれる場面も多かった。

　成田の出発ロビーで紹介されたときから、深夜の飛行機、翌日の島内観光とマリンスポーツ、三日目のドライブと、帰国までその男とは終始和やかに話をし、真美は、今度こそはうまくいくかなと期待して空港で別れた。

　結果、それきりになった。

　家に帰ると同時に、真美はお礼と無事に帰宅した旨をラインで送った。

「私も少し前に着きました。おかげさまで楽しく過ごせました。ありがとう」という礼儀正しく、形式的な返信が来た。

　次に送った「次回を楽しみにしています」というメールには、「またみんなで行けるといいですね」とこれまた礼儀正しいメッセージが返って来た。

さらに個人的な内容の文章を送ると、すこぶるそっけない返信があり、それを最後になしのつぶてになった。

「また、やっちゃったの？」と由佳が尋ねると、真美は首を振った。「彼にはやってません」

「じゃ、だれに？」

最終日の夜、一行は、ばらばらに行動したという。みんな職場や家族への土産を探さなければならなかった。ホテルショップで買い物を済ませ未明の出発まで一眠りする者、バスで免税ショップに出かける者、近くのスーパーマーケットでばらまき土産を仕入れる者、と三々五々分かれた。

そこまでは真美は失敗することなく紹介された高木と二人、雑然としてだだっ広いスーパー「ペイレス」の店内でチョコレートやアロマ石けんなどを見繕っていたらしい。

レジ袋を提げて店を出ようとすると、店頭に愛菜の彼氏がやはり大きなレジ袋を手にぽつねんと立っている。

「どうしたの？」と尋ねると彼氏は白い歯を見せてさわやかに笑い、「後から帰るから」と先に行くように促す。グループのメンバーたちは真美たち二人を邪魔しないように振舞うことが多かったから、気をきかしてくれているのだろうと思い歩き出した。

プルメリアの花の甘く香る暗く広い駐車場を横切り、ホテルの敷地に入ったときだった。

ふと振り返るとペイレスの袋を提げた若い男女がこちらにやってくる。

愛菜の彼氏と、もう一人は同じツアーに参加していた別グループの一人だった。愛菜とはまったくタイプが違う、オフショルダーのトップスに太腿（ふともも）丸出しのショートパンツ、後（おく）れ毛（げ）たっぷりのふわふわに仕上げたポニーテールの、見るからにゆるい雰囲気の女子だった。

ハワイアンの流れるホテルのエントランスに入ると、愛菜の彼氏は真美たちに向かい悪びれることもなく片手を上げ、女の方は他人の彼氏に向かい、「じゃね、ありがとう」と妙に元気良く挨拶すると、サンダルの底をぺたぺた鳴らしてエレベーターホールの方に消えた。

真美はその場で愛菜の彼氏の胸ぐらをぐい、と摑（つか）んで「どういうことよ」と詰問したりはしなかった。女子部屋に帰って他のメンバーに、彼の裏切りについて盛大に報告することもしなかった。

その方がはるかに良かったのに、と由佳は思う。それならただの潔癖女子で済んだ。

その場で愛菜の彼氏には何も注意せず、他の女子にも一言もばらさなかった真美は、しかし数時間後、未明のグアム国際空港の出発ロビーで、たまたま愛菜の彼氏が他のメンバーから離れたところを見計らって、説教に及んだらしい。

彼氏いない歴二十八年の女に貞節義務を説かれた愛菜の彼氏は逆上することも、開き直ることもなかった。

「ええ？」とぽかんとした顔をして、自分はただ女性を店からホテルまで送っただけだと弁解した。たまたま一人で買い物をしている彼女を店内で見つけて言葉を交わした後に、自分はホテルに戻ろうとしたが、明るい店内から出ると駐車場は意外に暗い。周りには腕にタトゥーを入れた体格の良い男どもがぞろぞろしている。ここを女一人で歩いて帰るのか、と考えたとたんに心配になり、男としての義務感にかられた。取りあえず古武道の段持ちの自分が一緒なら安全だろうと判断し、ホテルまで一緒に戻ることにしたのだという。

「それっておかしいでしょう」と真美はすぐに反論した。他のグループの彼女だって大人だし、もし夜の一人歩きが危険な場所であれば仲間と行動すべきだ。それに腕にタトゥーを入れた男たちが危険とは一概には言えない。だいいち一人で店にやってきた時点で、彼女の方だって同じツアーで一緒になった知らない男に送ってもらう必要など感じていなかったはずだ。そもそも日本に彼女を残してきたあなたが、なぜ店内で会った別グループの女性に声をかけるのか云々(うんぬん)。

怒鳴らず、喚かず、真美はこんこんと教え諭したが、愛菜の彼氏は説教の途中でふい、と席を立ち、他のメンバーのところに行ってしまった。

憤慨しながら振り返ると、高木が立っていた。冷ややかな視線で無言のまま真美を見下ろしていた。

とはいえそれがもとで旅の終わりが気まずくなることは特になく、一行は和やかに未明の飛行機に乗り、成田の到着ロビーで別れた。件の彼女も愛菜の彼氏に向かい、「お世話になりました。じゃあね」と大人なのか意味深なのかわからない挨拶をして去っていった。そして真美の方は、紹介してもらった男からさりげなくスルーされることになり、やがて今回も玉砕したことを知る。

ここまでくれば振られっぷりも芸の域だと、由佳は苦笑するしかない。別に男がいなくたって人間、死ぬわけじゃなし……。

降りしきっていた雨は練習開始の直後から一層強くなった。

雨音をかき消すような真美のサスペンドシンバルの連打の後、金管が一斉に入った。次回のコンサートで演奏するスタンダードジャズメドレーの冒頭だ。吹奏楽の名曲はいくらでもあるが、最近は年配者からの希望でジャズが取り上げられることが多い。

金管の分厚い音の塊を真美のパーカッションが先導し、支える。その音楽性と天性のリズム感によって真美は申し分ないリーダーシップを発揮する。

吹いている自分の楽器の音さえ聞こえないほどのフォルテシモが、ぴたりと止む。半拍置いて、フルートソロがバラード風の旋律を奏でるはずだが、この日は金管と打楽器のみの練習なので、全員が長い休符に入った。雨音だけが聞こえる。

そのとき警報音に似たけたたましい携帯電話の着信音が鳴り渡った。

切っておけ、と言わんばかりにそちらを一瞥したパートリーダーの男の表情が変わった。即座に小さく一礼し、「どうぞ電話に出てください」と言うように片掌で音のする方向を示す。くだらない私用電話がかかってきたのではないことを知っているからだ。

真美の椅子の脇に置かれたバッグの中でそれは鳴っていた。リーダーの反応など無関係に真美が即座に電話に出て、しゃべりながらその場から離れる。

「あ、はい。大丈夫です。五分で行けると思います」

真美が病院から持たされている呼び出し専用携帯だ。

楽器の片付けを他の団員に頼み、真美は由佳のところに走り寄ってきたかと思うと両手を合わせた。

「すいません、病院まで乗せていってください」

彼女が勤務する大学病院までは、ここから歩いて二十分ほどかかるが、車なら二、三分だ。

「稲荷山(いなりやま)で大量遭難らしいです」

「あそこで?」

住宅地の背後にある標高五百メートル少々の低山だ。山腹に神社があり地元の小学生の遠足や運動部のランニング登山のコースになっている。

これから真美はすぐに病院に行き、医療救護チームのメンバーとともに現場に入るらしい。そちらで警察や消防と連携し、治療の優先順位を決めたり応急手当を行ったりするという。

「いったい何が起きたの?」

車に乗り込み、シートベルトを締めながら由佳は尋ねた。

「わからないですね、詳しいことは。点呼の後に上から伝えられると思います」

言葉が少ない。憶測による発言もない。緊張も気負いも感じられない。二十代の娘とは思えない落ち着きぶりに、尊敬の念のようなものを覚える。確かに彼女は普通の人間が想像もできない世界を見てきたのだとあらためて知らされる。

病院の職員通用口で真美を降ろし由佳が練習会場に戻ると、メンバーは練習を中断してスマホやタブレットに見入っているところだった。

ツイッターで検索をかけると稲荷山の遭難現場から遭難者自身が状況を発信していた。東京から来た子供連れのグループが稲荷山に登ったのだが、下山途中に大人と子供数人の気分が悪くなり、折悪しく雨が降ってきた。動けない子供を背負ったり、足下のふらつく大人を支えたりしながら急いで下りようとしたが、一行に次々似たような症状が出てきた。そのため途中にある無人の神社の軒下に入り、雨宿りしながら一一九番通報をしたらしい。

「なかなか救急車も警察も来ない」と発信者は苛ついた調子で書いている。

雨宿りして待っていた者のうちさらに二人の様子がおかしくなった、とある。目をぎらぎらさせて喚き出し、そのまま一人は走り出したが斜面から二、三メートル下の沢に転落し怪我をしている。引き上げようとしたが、暴れているので手が付けられない。

さらにその後も、喚き出したり、突然、走り出す者が現れみんなで止めているという。止める方も気分が悪くて吐いたり動けなくなったりしているという内容がアップされ、短い文面には、なかなか到着しない救急隊への不満がぶちまけられている。

「昼のおにぎりか何かで食中毒か」

タブレットの持ち主がつぶやき、「この季節は怖いのよね」と由佳はうなずく。

「でも子供連れだし不安なのはわかるけど、こういう物言いってどうよ」と別の男が眉をひそめた。

「いつまで待たせる気だ」「怒り心頭」「ヘリコプター飛ばせ」という文章は、切羽詰まった状況は理解できるが、あまりに非礼だ。

「警察も救急車も何やってるんだ。子供たちに死ねっていうのか」

「税金ドロボー」

苛ついたつぶやきがさらにアップされる。

「真美ちゃん、こんな連中のところに行かされるのか」

吉武がため息をついて首を振った。

「真美ちゃんも救急隊員も気の毒」

「こんなやつらに医療は無用だ。真美ちゃん、説教してやれ」

タブレットを覗（のぞ）き込んで口々にそんなことを言っている中、「そもそもがまともな人たちじゃないみたいですよ」と年若いメンバーが、自分のスマホの画面を見せた。

ツイッターを発信しているのとは別の者が投稿している動画だ。

「早く来い救急車」と男が喚いている。神社の階段に横になった子供と介抱している母親、隣で見守る父親らしき人物が映り込んでいるが、若い父親の腕には入れ墨、しかも和彫（わぼり）ときた。母親の方はブリーチで傷んだ金髪だ。

「読めたな」

吉武が腕組みしてうなずいた。

「普通の食中毒じゃない。こいつら山の上でクスリか何かやったんだ。腐ったおにぎりじゃ喚いたり、暴れたりなんてことは起きない」

「放っておけ、放っておけ」

「税金の無駄遣いだ」

「真美ちゃん、練習ほっぽり出してこんなやつらのために行くことないぞ」

「子供がかわいそう、こんな親を持って。薬物中毒なんて最悪」と胸がつぶれるような思いで由佳はつぶやく。

稲荷山は低い上に、途中まで林道が延びていて四輪駆動車で五合目まで行ける。だから登る方も登山やハイキングの意識はない。頂上はあまり眺望が開けていないせいもあり、人影がまばらだ。昼食時のビールやちょっと一服が、大麻や危険ドラッグに置き換わったとしても、この写真の面子（メンツ）からしてそう不自然ではない。

津田一人が話に加わることもなく、次々発信されるツイッターやインスタグラムの画面を自分のタブレットで見ている。

大学病院の職員通用口に車をつけてもらい、真美は緊急時には災害対策室として使われる会議室に入った。すでにユニフォームにヘルメット、雨具や安全靴などが用意されており、院内にいた隊員はそれに着替えて、隊長である救急科の教授の指示を仰いでいる。

緊急事態に対応するために非常時に招集されるこの病院の医療チームは、医師一人に看護師二人、薬剤師と事務職員の五人で構成されている。災害や大規模事故のときに県の統括DMAT(ディーマット)の指示に従って動くことが多いが、今回は地元の山での大量遭難ということで、県ではなく市から応援要請が入ったらしい。

パーティションの向こうで手早く着替えを済ませ、他の隊員とともに救護車に乗る。医療チームが作られたときに自治体から中古の救急車を譲り受けたものだ。

稲荷山の現場までは四キロ足らずだ。舗装道路から登山道の一部である林道に乗り入れ数分行くと、警察車両や救急車がすでに到着していた。その向こうに練馬(ねりま)ナンバーのワゴン車とランドクルーザーが乗り捨てたように置かれている。遭難者グループのものだった。

林道を横切る沢にかかる橋の強度に問題があるため、一般車は手前の舗装道路脇にある駐車場に駐(と)めることになっているが、ときおり非常識な4WD車がそこまで乗り入れてくる。

真美たちは救急車の進路を邪魔しないように少し離れたすれ違いスペースに車を駐める。雨に加えて風も強い。横殴りの雨が弾けるような音を立てて雨具に当たる。トランシーバーを手にした警察官から、遭難者は全員、中腹の神社付近におり、息苦しさを訴える者、意識の無い者、譫妄(せんもう)状態の者もいると伝えられる。

警察官と救急隊員がすでに上に行っているとのことで、専用携帯で患者たちの容態を聞きながら真美たちも医師の指示に従い、保温シートや挿管チューブ、人工呼吸用マスクなどの入ったバッグを腰に巻き付け出発する。

稲荷山は地元の小学校の遠足や、中学、高校の部活の登山ランニングなどが行われるようなところで、標高は低くコース的にもきつくない。森に入ってしまうと密生した木の葉に遮られ、さほど雨も気にならない。

少し登ったあたりでだれかが喚く声、断末魔のような声が聞こえてきた。譫妄を起こしているというのはこのことなのだろう。登っていくと神社手前の沢に救急隊員が下りて、斜面に仰向(あおむ)けに倒れている男の状態を確認している。

救急隊員に呼ばれ、真美は医師と二人で沢に下りる。

倒れている男は耳から出血しているが意識はある。ひどく興奮し仰向けになったまま手足を振り回している。譫妄状態で沢に転落したということだった。

耳出血があるのでおそらく頭蓋を骨折しているだろう。この場でできることは何もなく、とにかく首と頭を動かさずに救急車のところまで下ろし、速やかに病院に搬送しなければならない。

しかし沢から登山道までは崖なのでストレッチャーが使えない。救急隊の用意した背負い搬送具では頭部を支えられない。

「どうします？」

真美が尋ねると医師は傍らの警察官にどこか傾斜の緩やかなところがないかと尋ねていたが、警察官は首を横に振った。沢の水かさが増しており、まもなく男の倒れているこの場も濁流に洗われるだろうと言う。

背負い搬送具で上げるしかない。

「大丈夫ですかね」

「大丈夫じゃないが、このまま放っておくわけにもいくまい」

感情を込めずに医師が指示し、怪我人を搬送具にくくりつけ首と頭を真美がサポートする形で登山道まで引き上げることにする。

怪我人は体に触れようとすると喚きながら手足を振り回す。救急隊員に押さえてもらい、真美はあらかじめ用意してきた拘束ベルトで男の体を手際よく固定していく。

喚き散らし、救急隊員や真美たちに唾を吐きかけながら男は登山道まで引き上げられた。そこからは男を救助用担架に移し、救急隊員は登山道を下っていく。

それを見送り登山道をさらに二、三分登ると、ごく狭い平地に出た。苔むした狐の石像が向きあっているその向こうに、赤いトタン屋根を載せた小さな社がある。その建物の庇の下に幼児から小学生くらいの子供と大人、十数人が雨を避けてひしめきあい、苦しんでいる。

昼頃までは晴天であったからだれも雨具など用意していない。庇はあっても正面階段の部分を除いては、十センチ足らずの幅しかなく外壁に張り付いても雨に打たれ放題だ。それでもほとんどの者が座り込んで壁にもたれている。

「いつまで待たせんだよ、ばかやろう」

真美たちが到着すると、正面階段に腰掛け、幼児を抱いていた入れ墨男が目を血走らせて警察官にくってかかっているところだった。

「ヘリコプター呼べよ、ヘリコプター」

「立ってないで何とかしてください、この子が死んじゃう」と喚き散らしている若い母親は、動けないまま、斜めになった体を階段にもたせかけている。

「苦しい、もう死ぬ」と喚き散らしている者もいる。

「ふざけんなよ、クスリなんかやってるわけないだろ」

幼児連れの別の男が、警察官に何か尋ねられ、殴りかかろうとしてバランスを崩しその場に転倒した。

　もう一人の看護師が騒ぎに動じることもなく患者たちの搬送順位を決めていき、その間に警察官やその他のメンバーで地べたにテントを広げ、呼吸困難を起こしている者を運び入れて器具を装着し気道を確保する。

　一刻も早く救急搬送しなければならない患者が複数いるが、登りやすいとはいえ登山道だ。大きな岩がところどころ突き出し、曲がりくねった道は細く、傾斜が急な箇所がいくつかあり、ストレッチャーで運び下ろすのに時間がかかる。

「ヘリコプター出せよ」と相変わらず入れ墨男が怒鳴り、「ぐずぐずしていたらみんな死んじゃう」と、金茶の髪の母親が我が子を抱きしめて泣いている。

「はい、大丈夫ですよ」

「行きます。多少揺れますよ」

　救急隊員二人が平静な口調で声をかけ、折り畳み式ストレッチャーの前後を持って患者を運んでいく。キャスター付きのものが使えない道で、急勾配とカーブにかなり難儀するはずだが落ち着いたものだ。

「はい、力抜こう、力」

　呼びかけながら真美はぐったりした様子の子供に気管挿管を行う。

救急救命士の資格を取るときに一番苦労し、怖かった医療行為だ。失敗すれば何が起きるかわからない。人形で練習し、最終的には手術のために全身麻酔された患者に行った。だが腕を磨いたのは、援助に入ったさる国の難民キャンプでのことだった。

テントの中に隙間無くベッドを並べた救護所で、失敗しようが幾度もやり直ししようが、やるしかなかった。医療を必要とする者の数は圧倒的に多く、派遣されてくる医療者のすべてが熟達者というわけではない。

「自信がありません、お願いします」は通用しない世界だった。外科医の中には、「しばらくここにいれば、帰国したときには神の手になっているぞ」と豪語する者もおり、人の命が限りなく軽く安い世界がそこにあった。自分が何とかしなければと、ますます悲壮な気持ちになった。

災害現場も大規模事故の現場も幾度か見てきたが、映画やドラマのように救助する側が、興奮したり叫んだりはしていない。指示と応答の言葉が冷静にやりとりされ、患者や被災者には呑気にも聞こえる呼びかけがなされていた。

ほどなく地元の山岳会からボランティアも駆けつけ、降りしきる雨の中、患者を次々に下まで運び下ろす。医師が見た限り格別重症ではない人々も、仲間の多くが呼吸が苦しいと胸をかきむしり、あるいは嘔吐するのを目の当たりにしているので、精神的なショックが大きく一人で立って歩くのが難しい。山岳会の人々がそうした人々に手を貸し、あるいは背負って下まで全員下ろした。だがその後の搬送に手間取った。

　未舗装の林道は狭く、しかも途中に乗り捨てられた彼らのランドクルーザーとワゴン車が道をふさいでいる。患者数は多いが、一台の救急車に三人も四人も詰め込むことは規則で禁じられている。

　自力で立てる人々は警察車両で運んでもらい、最後の患者を見送ったときにはあたりは暗くなりかけていた。

　そのとき真美は気づいた。

　車が無い。大学病院の救護車は、緊急性の高い子供の患者と医師や他の隊員を乗せ、真美たちがまだ上にいるうちにここを出発していた。救急救命士の資格を持つ真美はここに残り、最後の患者の搬送を見届けた後に、警察か消防の車両で送ってもらう、そういう手はずになっていたはずが……。

　戸惑っているうちに、最後まで残っていた地元山岳会の車のテールランプが遠ざかっていくのが見えた。

　雨が降りしきり、暗くなりかけた林道のすれ違いスペースで、真美は呆然（ぼうぜん）と立っていた。

「なんで……」

連絡ミスが起きたのだ。それはわかるが……。

だれも自分の方など見ていなかった。

そもそも一仕事終わったつもりで油断するから、こういうことが起きるんだ。

心の中で、だれにともなく叱責する。

気を取り直し、雨具のボタンを外し、病院から支給されている携帯電話をユニフォームの胸ポケットから取り出す。

小さな画面が暗い。ほとんど何も考えずに電源ボタンを押している。

そのままだった。

あっ、と声を上げた。

今どき、スマホ機能のついていないオンコール専用ガラケーには、防水機能もない。雨具の下のユニフォームのポケットに入れてはいたが、横殴りの雨でずぶ濡れになった状態で電源を入れたためにショートしてしまったのだ。

私物のスマホは病院に置いてきた。

まあいい、と諦めて暗くなりつつある杉木立の間の空を見上げる。

全員が大学病院に戻り点呼が終わるまで医療チームは解散しない。戻っていない隊員がいれば必ず各所に連絡を取り安否確認をする。そこで真美の不在に気づき、すぐにだれかがこちらに向かうはずだ。

迎えが来るまで十五分、長くて三十分、と踏んだ。

雨脚は強くなったり弱くなったりを繰り返している。空はすでに暗い。

三十分が過ぎても林道をやってくる車はなかった。

重装備の体は雨に濡れたうえ、汗みどろになっている。

そもそもなぜこういうミスが起きるのか。

心細さや不安を感じる代わりに、真美の頭は原因究明を始める。

何が悪いのか、どんな心構えが必要なのか。

そんな思考の底から怒りがわき上がってくる。

連絡係である医療チームの事務職員に、隊長である救急科の教授に、そして救護の最中、自分たちに暴言を吐きつづけたあの親子連れグループに。

仕事をしている間は怒っている暇も喚いている余裕もなかったが。

そもそもが……と、またあれにともなく説教している。

パートリーダーに促され、団員たちはスマホやタブレットをしまい練習に戻ったが、どうにも落ち着かない。

窓ガラスに吹き付ける雨が強くなり、外からはひっきりなしに救急車やパトカー、消防車のサイレンが聞こえてくる。他の市町村からも稲荷山に応援が入っているらしい。自分のパートが休みの間に窓の近くに行き、外をうかがう者もいる。

落ち着かない気分で練習を続けているうちに、今度は防災無線のチャイムが鳴りコミュニティセンターの事務員が練習会場に駆け込んできた。大雨警報が出ているので早目に帰宅するように、という指示がセンター長から出たという。

低地に開けた旧市街を流れる中小河川の水位が上がっているため、避難指示が出るかもしれないからだ。コミュニティセンターは市の避難場所に指定されているため、無用の人間たちに残っていられては迷惑なのだ。

一同は急いで楽器を片付ける。その傍ら、メンバーの一人がタブレットを起動させたところ、今度はツイッターやインスタグラムではなく、稲荷山大量遭難についてネットニュースが配信されていた。

片付けの手を止めて、その周りにみんなが集まった。

〝東京からやってきた親子連れ十四人のグループが、頂上で昼食を摂った後、下山途中で気分が悪くなって動けなくなり、地元の警察と消防と山岳会によって救助され病院に運ばれた。下山途中に沢に転落した一人が重傷を負ったが、全員、命に別状はない〟

自業自得の連中のようだが、全員無事と聞いて何となくほっとして、退室する。

パートリーダーが事務室に寄り、施設使用許可書に退出時刻を書き込んでサインしている間に、メンバーのスマートフォンには続報が表示された。

救急隊員の女性が一人、行方不明。

もしや、と顔を見合わせた。

「でも真美ちゃん、救急隊員ではないよね。病院勤務だし」

由佳は言う。

コミュニティセンターのロビーに突っ立ったまま、それぞれがタブレットやスマホを起動させた。

別のインターネットニュースでは、連絡が取れなくなっているのは、「大学病院から救護活動のために派遣された看護師」とある。

「ひょっとすると、やっぱり真美ちゃんか」

吉武が悲痛な表情を浮かべた。

由佳は真美の携帯番号に電話をかけるが出ない。

別のメンバーが真美の勤務する病院にかけたが、「ただいま確認中です」という木で鼻をくったような言葉が返ってきただけだった。

事務員に施設から早く出て行くようにと促されながら、一同がだらだらとその場にたむろしているうちに愛菜から由佳に電話が入った。

愛菜は真美のいる大学病院で実習や見学を行うことも多く、病院スタッフとも知り合いだ。その一人から、医療救護チームの真美が現場から戻っておらず大騒ぎになっている、と知らされた。

病院の車が現場に再び急行しようとしたが、途中で道路が冠水して行き着けない。警察に連絡し捜索隊が出たが、今度は林道の沢にかかる老朽化した橋が破損し、その先に進めなくなったということだった。

電話を切って由佳が話の内容を手短にみんなに伝える。メンバーはそれぞれに真美の身を案じながら駐車場に向かった。

無言で自分のスマホに視線を落としたまま由佳の話を聞いていた津田が、そのとき何かを決意したように顔を上げた。他のメンバーを追い越し、雨水を撥ね上げながら小走りで自分の車に向かって行く。無言でサーブのスポーツエステートに乗り込むと、勢い良くドアを閉めた。

呆気にとられた人々を置き去りにして、水煙が立つような豪雨の中に突っ込んでいく。赤いテールランプがぽつりと見え、それも滲むように視界から消えた。

「何だ？」

　吉武が首を傾げる。

「津田さん、自分で救出に行く気か？」

「あのスポーツカーで？　冠水した道を？」

「そもそも途中、橋が壊れているんだろ。増水した川を泳いで渡るの？」

　普段から口数が少ないので津田は何を考えているのかわからない。女性である由佳にとってはなおさらだ。

　途中であのスポーツカーから4WD車に乗り換え、輪になったロープを担いで運転席に座る。未舗装の道を稲荷山に向かい、橋の落ちた沢の手前で車を降りる。

　肩にかけたロープを向こう岸に投げて木に巻き付けこちら側と繋ぎ、レンジャーのようにロープを伝い濁流を渡る。林道を走り抜け、山中で一人雨に打たれて膝を抱えている真美の前にすっくと立つ。「もう大丈夫だ、よく頑張ったね」と微笑しながら。

　まさかねぇ、と由佳は自分の夢想を打ち消す。

　津田はマッチョなイメージとはかけ離れた物静かな「教授」だ。だが、ひょっとするとそういう人に限って、密かにトレーニングを積んでいたりして……。口数が少ないうえに自分語りは決してしない男だから、隠された顔があるかもしれない。正体はだれも知らない。

アメリカンヒーロー？　ここまでくると夢想を通り越して妄想だ。

連絡の手段もないまま、一時間が経った。だれも気づいてくれないなんて、そんなことがあるだろうか、と真美は大木の下に座り込む。

重なった木の葉が雨風を多少防いでくれるが、それでもしたたる大粒の水滴が容赦なく雨具を濡らす。救護用のシートを引っ張り出して雨具の上から被ってみる。

林道のすれ違いスペースには今回の遭難者が残していったランドクルーザーとワゴン車が残されている。濃い色のスモークガラスに顔を押しつけてワゴン車の内部を覗いてみると、子連れということもあるのか、袋菓子の食べ殻や衣類などでひどく散らかっている。ランドクルーザーの方も似たようなものだ。

雨に濡れて低体温症になる危険でもない限り、たとえ鍵がかかってなくても内部に入り込む気にはなれない。

恨めしい気分で病院支給のオンコール専用ガラケーをいじってみる。

雨音の間にモーターのような音を聞いたのはそれからさらに一時間も経過し、一帯に夜のとばりが下りた頃だった。

車の音ではない。もっと軽やかで、モーター音の中にキュルキュルという甲高い、神経を逆なでするような音が混じっている。

何かがこちらに近付いてくる。道の彼方に目を凝らすが何もない。

背後かと思ったがそちらは暗い山肌が雨に煙っているばかりだ。

車のエンジン音でもヘリコプターのローター音でもない。もっと小さく甲高く、神経に障る音だ。

不意に頭上に光が現れた。

淡い光が明滅しながら、ふわふわと揺れている。

上空でホヴァリングしている飛行物体……。

「うそでしょ」

ちょっとやそっとのことでは動じないつもりだったが、つい悲鳴に近い声を発していた。

暗いので距離感があいまいだが、林道上空で甲高い音を響かせて浮かんでいたその光は明らかにこちらに近付いてくる。ゆらゆらと高度を下げてきた。淡い光が大きくなり、その姿がぼんやり見えてくる。六角形の巨大な雪の結晶のようなもの。

まさか……。

全身から生ぬるい汗が噴き出した。

あれか？　オカルトは信じないつもりだが、確かに目の前にそれが来た。

その瞬間、六角形の飛行物体がしゃべった。

「真美ちゃん」と。

「あの、真美ちゃん、もう大丈夫です。画像と居場所をすぐに警察に送りますんで」

「はあ？」

ぼそぼそした男の声。

津田だ。飛行物体が津田の声でしゃべっている。

ドローンだった。スピーカー搭載の。サイズは直径七十センチくらいか。

「そこから動かないでください。途中の沢で橋が落ちているので、救助隊はすぐにはそちらに行けませんが、そのままその場で待っていてください」

「あ、津田さん」

返事をしかけたところに次の言葉が被さる。

「必ず救助が行きますから、自分で歩いて戻ったりしないで、その場で待機してください」

スピーカーから一方的に向こうの音声が送られてくるだけで、こちらの音は拾ってくれないらしい。

「あの……心細いと思いますが、ほんのしばらくの辛抱ですから。いったん帰りますが、また来ます」

どことなく端整な、五十を過ぎているのに妙に青年じみた津田の面影が、その六角形のシルエットに重なる。何か泣きたい気分になった。

ゆらりと揺れ、六角形のシルエットが闇に溶け、LEDライトがぽつりと見えるだけになったかと思うと、それも木々の向こうに消えた。

雨が小止みになり風が出てきた。寒い。そのうえ空腹だ。空腹だから寒いのかもしれないが、こんなことは想定していないので非常食などない。

耳を澄ますと沢を流れる水音が聞こえてくる。さらさらという優しいものではない。濁流が岩を嚙む爆音にも似た音だ。そう簡単に救いは来ないと覚悟を決める。

それから二時間もした頃、再びあの、風切り音の混じったモーターの音が聞こえてきた。

「真美ちゃん、今から着陸するけれど、その場から動かないでください。ローターが止まるまで絶対に機体に近付かないでください。離陸と着陸が一番難しいので。コントロールが狂ってぶつかると大怪我をします。危ないから近くに来ないでください」

頭上のドローンはためらうように幾度か行きつ戻りつしていたが、やがてゆっくり下りてきて十メートルほど先のすれ違いスペースに置かれた二台の車の向こうに着陸する。

「まだ来ないでください。……はいＯＫです」

六枚の羽根が止まっていた。

「スキッドの間に、食べ物と水とアルミ毛布があるので取ってください」

津田の声でドローンがしゃべる。

地面に接地した四角い枠のような足の間に、プラスティックのケースがくくりつけられていた。銀色のものを収めた袋とペットボトル入りの水、チョコレート菓子、それにビスケットが入っていた。

「重い物は運べないのでそんなものでごめんなさい」

「いえ、十分です。ありがとう」というこちらの声は向こうには届かない。

機体前方のカメラに向かい、手を振ってみた。

「あの……真美ちゃん。明日、夜が明け次第、消防の人たちが救助に駆けつけるはずなんで、一晩だけ、頑張って。いや、頑張ってって言われても困ると思うけれど。他に何か必要なものがあるかな」

「スマホ」と真美は答えた。雨を避けて操作してこちらの状況を知らせることができる。だが真美の言葉は伝わらない。ドローンにスピーカーはついているが、マイクはない。一方通行だ。

林道の路面上で雨に打たれている六角形の物体は相変わらず津田の声でしゃべり続けている。

「僕だけこんな屋根の下で雨にも濡れずにいるのが、悪いみたいな気がしている。もう少し話していていいかな。……ええと」

音楽や機械についての議論になら積極的に加わるが、あまり雑談はしない人だ。日常的な場面では会話が続かず、口の悪い若い女性たちの間では「コミュ障」とささやかれている。

「無理して話さないでいいよ、私、一人でも大丈夫だから」

汗をかきながら話題を探して一方通行の会話を成立させようとしている津田の様が目に浮かび、こちらの方が居心地悪い。

だが、と思う。興味のあることばかり、自分のことばかりをしゃべっているわけでもないのに、世間一般のこと、人生について話しているのに、相手も周りも沈黙させてしまう自分よりはましかもしれない……。

「ああ、そうだ。真美ちゃんたちが助けた人たちは全員、無事だそうです。搬送先の病院で治療を受けていて、続報で病気の原因がわかったようなので報告します。原因はチョウセンアサガオによる食中毒。稲荷山の麓付近に自生していたチョウセンアサガオのつぼみをバーベキューで焼いて食べたものです。山上で出会った別の登山者のブログがあるので読みます。『遭難した子供連れの一行は狭い頂上でバーベキューをしながらビールを飲んで騒いでいて、ゴミを散らかして、とても迷惑だった。俺はそこで焼いているものが、下の休耕地に生えているチョウセンアサガオではないか、と疑問を持ったので尋ねてみた。するとと母親が、来る途中のコンビニの駐車場に生えていたオクラだ、と言う。毒草のおそれがあるから食べない方がいいと注意したが、そんなことないと笑っている。そのうちにリーダー格の人相の悪い男が、うるせえよ、と怒鳴るので、こっちも内心キレてさっさと離れた。今回の件は自業自得としか言いようがない』」

「ああ、わかる。いかにもそういう連中だったよ」

真美はそう応答するが、当然のことながら津田のところには届かない。

「今、ネットで見ているけれど確かにチョウセンアサガオのつぼみとオクラは写真で見る限りよく似ているね」

「スーパーでパック入りしか見たことのない人たちは間違えるんだよ」と無意識に応じ、話し続ける。「今の子供も若いお母さんも、そういうのに触れることなく育つから。野菜も他の食べ物も、高いとか安いとか、おいしいとかまずいとかっていう次元でしかとらえないし、部分しか見てないんだよ。それがどんな風に作られているかとかちゃんと知らないからそういうことが起きるんだよね」

「僕も間違えると思う。生えている物を取って食べはしないだけで」

津田の言葉が、真美の言葉に被せられた。こっちの声は向こうに届かないのだからしかたない。それでも会話になっている。

「だけど普通、味がおかしいと気づくよね。グルメブームとか言うけれど、本当の意味での味覚が育っていないんだと、私、思う。そもそも……」

「ビールで酔っ払って味がわからなかったのかもしれないね」

「それもあるけど、手抜きのバーベキューって、甘ったるくてアミノ酸味たっぷりのどろどろの焼き肉のたれをまぶして食べるじゃない？　あれじゃ野菜の味なんかわからないよ。本来のバーベキューってそういうものじゃないんだから」

「自然毒の場合、たいてい刺激的な味や臭いがあるから、口に入れても吐き出して大事に至らないものなんだけど、感覚が鈍くなっているというのはそこでロックがかからないってことだから怖いんだ」

一方通行の通話のはずだ。なのにこちらの話を遮る形で発せられる津田の言葉は真美の話とそれとなくかみ合っている。

「それじゃ、真美ちゃん、そろそろドローンをこちらに戻すよ。まもなく夜が明けて、救助隊が行くと思う。一人になって心細いかもしれないけれど、もう少しそこを動かずに待機しててください。それでは、このドローンから十メートル以上離れてください」

さきほどと同じ指示があり、真美は名残惜しい気分でそこから林道を登った場所に退避する。それを確認したかのようにモーター音が聞こえてきてやがてふわりと機体が浮き上がった。それは右に左に揺れながら上昇し、やがて淡く明滅する光となって、町の方向に向かって飛んで行った……はずだった。

ところが六角形の機体はＬＥＤライトをぴかぴかさせながら、まるで長い糸で天から吊るされた振り子のようにいつまでもゆらゆら不安定に揺れている。

「あっ」とスピーカーから声がした。

空中で揺れていたドローンは、不意に地面から二メートルくらいのところまで高度を落とした。

次の瞬間、そこに駐められていたランドクルーザーのフロントガラスに勢いよく激突した。

凄まじい音とともに火花が散り、車内に突っ込んだドローンのローターがまだ動きを止めずに、内部を破壊している音がして、十メートル以上離れている真美のところまで部品がばらばらと飛んできた。

「あーあ」

真美は両手で顔を覆う。

「何やってんだか……」


連絡の行き違いで山中に一人残された真美が、翌朝、ロープを使って濁流を渡ってきた消防隊員の手で無事に救出されたというニュースはテレビで放映され、朝食の用意をしていた由佳はほっと胸を撫で下ろした。

だが良いニュースの前に、悪いニュースが仲間内のラインを駆け巡っていた。

津田孝正が逮捕された。

市内にある精密機械メーカーの研究所から開発中のドローンを無断で持ち出し、飛行禁止空域を横切って飛行させた。しかも夜間、目視の範囲を外れ、さらには行方不明者捜索のために待機していた警察、消防車両の頭上をすれすれに飛び業務を妨害した。挙げ句に操縦に失敗し、林道に駐車中の車に激突、車とドローンの双方を大破させた。

なぜそんなことをしたのか、団員のだれも知らない。いたずらにしては度が過ぎるが、津田はいたずら心でそんなことをする男ではない。

彼がここ数年、大学の産学協同事業の一環として地元に事業所を持つそのメーカーとドローン開発を行っているという話は、男性メンバーの間ではよく知られている。

由佳に電話をしてきた吉武によれば、津田が今、取り組んでいる課題は、産業用ドローンを豪雨、強風、低温という悪条件の中でいかに安定的に飛ばすか、ということだそうで、津田としては今回の豪雨を自分で開発した試作機をテストする絶好の機会と捉え、許可を取るのももどかしく、見つからないだろうとたかをくくって飛ばしてしまったのではないかという。

「そういう情熱はいかにも津田さんだけど、ああいう状況でやるべきではなかった」

吉武はそう断じて電話を切った。団員間のグループラインにも次々にメッセージが書き込まれた。どれもが間の悪い津田の行為に批判よりは同情的な内容ばかりだった。

真美なら「学問のためとか開発のためとか言ってもルールを破るのはやっぱりまずいよ。学者だからって規範意識が無くていいということはないんだから」としっかり説教文を書き込んできそうなものだが、救出されたばかりでそれどころではないのだろう。彼女からのメッセージはない。

しかしその数十分後、真美からメンバー全員に宛てて、ラインではなく連絡用のメーリングリストで、津田の起こした事件について、それが自分を救うためになされたことだった、といった内容の文章が送られてきた。ついては検察に提出する嘆願書にサインして欲しいという。

曰く、「豪雨と強風の中、雨風を避ける場所もなく、連絡の手段もなく、遭難者救護活動の後の疲労と寒さと空腹で、一人で一夜を過ごさなくてはならなかった私のために、法を犯してドローンを飛ばし、スピーカーによる声かけによって状況を知らせて、励まし、また危険なのでその場にとどまるようにと的確な指示をしていただきました。また暖を取るためのアルミ毛布、空腹をしのぐ食べ物と飲料水もドローンによって届けてもらいました。それがなければ、暗い中、雨風に叩かれて一人残された私はパニックに陥り、非常に危険な状態、場合によっては命さえ失う行動に出たかもしれません。津田さんは法を犯し、結果的にドローンを墜落させて車を破損させましたが、他に方法はなく、やむを得ない行為であったと私から申し上げるものです」

それを読んだ由佳は驚き、あのときひどく急いで駐車場に走っていった彼の後ろ姿と水煙の中に溶けていったテールランプの赤色を思い出した。

津田はアメリカンヒーローにはなれなかった。だが、分身のドローンを飛ばし、ヒーローの役割を演じた。

ちなみに津田が逮捕された、というのはラインで情報発信したメンバーの誤解で、事情聴取を受け、書類送検されただけ、というのが事実らしい。

メーカーのワゴン車を使い、そこの研究所から無断でドローンを運び出した津田は、豪雨で浸水のおそれがあるために通行止めになっていた稲荷山手前の県道にワゴン車を駐め、車内でプロポコントローラーを操作していたところを警察官から職務質問され、そのまま警察署に連れて行かれたらしい。

その数十分前に、救出に向かうために待機していた警察、消防車両の頭上を、不可思議な光を放つ謎の飛行物体が異様な音を立てて飛んでいた。

またその物体は、豪雨の中を出動した地元の消防団員たちの目の前を横切って飛んでいき、異様な光と音で土嚢(どのう)の積み上げ作業を行っていた彼らを大いに混乱させたらしい。

いくら取り残されている真美の画像や、正確な位置を警察に送り捜索に協力したとはいえ、いくつものルール違反の上に、どう見ても警察、消防への挑発行為に、厳重注意だけでは済ませられず、書類送検にまで至ったのだろう。

真美の嘆願書については即座に他の人々からも応答があった。その日のうちに届けられた書面に由佳は署名し判を押したが、そこには由佳たち吹奏楽団のメンバーの名前だけではなく、医療チームや病院スタッフの名前と印影がずらりと並んでいた。

だが真美の性格を知る者は、彼女の文章に明らかな嘘が含まれていることがわかる。暗いところに一人残されようが、雨風に叩かれようが、少しくらい腹が減ろうが、そのほかのもっと差し迫った危機に直面しようが、真美はパニックを起こすような娘ではない。津田をかばっての大人の嘘だ。それができるくらいに彼女も成長したのかと、由佳は感慨を覚えた。

初恵や藤堂ひとみと練習前にカフェで軽い食事を取っていたときのことだ。

この町から東京に向かう電車に、津田と真美の二人が並んで腰掛けている姿を見かけた、という話を、由佳は初恵から聞いた。

デリカシーなどとは無縁な初恵のことで、そのとき車内の二人につかつかと近づき、「あら奇遇じゃない。どこまで？　何しに？」と遠慮会釈なく、好奇心丸出しで尋ねたらしい。

渋谷までジャズライブを聴きに、と真美は悪びれた様子もなく答えたらしい。それだけならともかく、由佳たちの吹奏楽団では最近、古い時代のビッグバンドの曲を演奏することが多いのだが、「私たちの演奏って、間の取り方がクラシック音楽や歌謡曲そのままなんですよ。演奏する以上は本物のジャズに触れて、ある程度、そのセンスを理解しておくべきじゃないですかね」と例によって一くさり説教を垂れたらしい。

「あんたなんかに言われたくないよ、って感じよね」

ひとみが鼻先で笑った。幼いときから音楽的環境のただ中で育ってきたひとみにとっては、確かに笑止千万な物言いだろう。

「相変わらず可愛げないから、私、『ああ、そうですか、せいぜいお勉強してくださいよ』って、さっさと離れたわ。でも、ライブが終わる頃にはこっちに帰ってくる電車なんかないわよね。まさかあの二人」

「というか、二人でライブハウスに行くってこと自体が……」と由佳は口を挟む。

「歳の差二十二」

まもなく三十九歳になるひとみが視線を天井に向けて続けた。「愛菜にちょっかい出したときと同じパターンだね」

「いやいやいや、違う違う。ぜんぜんそんな雰囲気じゃなかった」と初恵がかぶりを振る。

「親子？」と由佳が尋ねる。

「そうじゃない、そうじゃない。親子にも見えないし、いわゆる『パパ』でもない。普通のカップルというか、夫婦、で十分通る。何と言うか顔つきが」

リスのような可愛らしい顔立ちのくせに妙に偉そうで貫禄を感じさせる真美の風貌と、頰に縦皺(たてじわ)が寄り始めているのに視線が青年のままの津田の顔を、由佳は頭の中で並べてみる。

けっこう合ってる、ような気もする。

「ま、しばらくは口チャックね。吉武さんたちが知ったらはしゃいで手が付けられないから」と初恵が上目遣いに二人を見る。一番「口チャック」できないのは言っている本人なのだが。

「でも津田さん、もし真美ちゃんと結婚したら、一生、仕切られるわね」

するりと出た言葉に由佳は慌てて口元を押さえる。

「それでいいんじゃないの」とひとみが冷めた笑みを浮かべた。

「仕切られて、説教されて幸せなんでしょ。若い女ならだれでもいいのよ、ああいう人は」

「私は、そう思いたくないけど」

彼とは同年代だから、という言葉を由佳は呑み込む。

真美が山中に取り残されたと知ったとき、降りしきる雨の中を一人、駐車場に急いだ津田の背中には、下心も色気も見えなかった。

そんなものの皆無な、危機感にかられての英雄的行為だからこそ、女は心をわしづかみにされる。

「もしかしてあれって、真美ちゃんの方が惚れた？」

「さあね」と初恵が肩をすくめる。

「そんなことより、あの二人、もしかして両方とも初めてじゃない？　ちゃんとできたのかな」とひとみが混ぜっ返し、「いい加減にしなさい」と初恵の叱責の声が飛ぶ。

マドンナのテーブル

速いテンポの四拍子が、床から腹底にずんずん、と響く。

マイクを着けたインストラクターが、肩を覆うように広がった茶色の髪を振り乱し、鏡の前で大きく手を広げる。

周りの主婦たちの息は、すでに上がっている。インストラクターの動きについていけず、ワンテンポどころかツーテンポ遅れている人もいる。

鈍行しか止まらない駅前の小さなフィットネスジムだから、若い人など来ない。

いいえ、こんなジムにさえ、同年代のママ友は来られない。夫が若くては月一万円以上もする会費なんか払えないし、そうでなくとも子育てやパートで忙しいから。

夫が一回り以上も年上だから、こんな生活を送れる。わかっているけれど……。

インストラクターも自分より年上、アフリカ系アメリカ人と日本人のハーフ、とか聞いた。もちろんリズム感は抜群にいいけれど、ピンクとグリーンの派手なウェアに包まれた体は太め。ダンススタジオでなくて、フィットネスジムなのだからこのくらいの人がちょうどいいのかもしれない。踊りたいのではなくて痩せたいから通ってくる人たちが大半なのだし、モデルさんみたいに細かったら、かえって嫌みになってしまう。

正面の鏡壁の向こうに映る、よたよたと体を揺すっている主婦たちを一瞥し、美佳は大きく腰を落としてステップを踏む。

横腹に皺が寄るくらいなら、腰まであるウェアを着た方がまだ見苦しくないのに、とインストラクターの後ろ姿に合わせて振りをつけていく。

ああ、嫌、と首を振ると汗が飛び散った。

私の性格、どんどん悪くなってる……。

「はぁい、今日はここまで」

わざと英語なまりっぽい口調で、インストラクターがぴたりとポーズを決めた。

インストラクターを取り巻いておしゃべりをしている人たち、タオルと水筒を手に更衣室に戻る人たち、そんな年配主婦たちに元気よく挨拶しながら若いスタッフがモップを片手にスタジオに入ってきて、手際よく床を拭き始める。

それを見ながら、美佳は自分の中途半端な年齢を思う。他のメンバーに比べて一回り以上は若いけれど、半袖、長タイツ姿で、大会を目指してアルバイトしているスタッフの女の子たちに比べると、もう取り返しのつかない歳（とし）になってしまった。

そう、取り返しがつかない。

結局、ああなるの、と主婦たちを見ている自分の冷ややかな視線に、はっとした。

「すごいわねぇ、あなた」

更衣室のロッカーを開けようとすると、背後から声をかけられた。

「ほんと、ぜんぜん動き違うもの」と別の主婦。

「ダンス、やってたでしょ？　あたしなんか振りだけ覚えたって、まるでラジオ体操だもの」

「あら、あたしなんて振りも覚えられない。一回休めば元の木阿弥（もくあみ）」

元の木阿弥、なんて言葉、若い人は使わないよね、と腹の中でつぶやきながら、「ええ？　私なんて、ぜんぜんですよぉ」と笑う。

バスタオルを巻いて、汗みどろのウェアを脱ぐ。

「いいわねぇ、若いって。肌はぴかぴか、先生の扱いだってぜんぜんあたしたちと違うし」

頭の中で警戒信号が点滅する。

「何言ってるんですか、川島（かわしま）さんこそ、すごいじゃないですか。お姑（しゅうとめ）さん介護しながら、ちゃんと通ってくるんだから。尊敬してるんですよ、私、いつも」
　うまく躱した、たぶん。
「だってデイに行ってる間だけでもストレス解消しないと、こっちの気が変になっちゃうじゃない」
「あら、うちなんか、親、特養に入れたわ。良かったのか悪かったのかわからないけど」
とロッカーの向こうから声が飛んでくる。
「共倒れになるより、良いわよ。こないだなんかケアマネがさ……」と別の声が会話に加
わる。
　三十代の私には縁の無い話、と聞き流しながら、水着に着替える。半袖、半ズボンスタ
イルのセパレーツ水着は泳ぐためのものじゃない。コースロープの間を歩くためでもなく、
サウナを使うため。結婚前に通っていたフィットネスクラブでは、みんな裸でタオル一枚
を太腿に載せて座っていたのに、ここに来る主婦たちは、サウナのためにわざわざ水着を
着る。着替えるときもバスタオルをきっちり巻いて裸を見せない。
　そういう世界だと、初めて来た日に知った。郷に入っては郷に従え。すぐにここのショ
ップで売っている中高年向けデザインの水着を買った。浮かないために。
ロッカーも一番出入り口に近い端を使う。ドライヤーも手早く済ませ、化粧水や乳液も

家で使っているロクシタンじゃなくて、国産にした。

「あ、それ、限定販売のあれですよね、隣のローソンにありました？」

スポーツ飲料を飲んでいる主婦に声をかける。

「違うわよ、うちで作った健康茶を空きボトルに詰めてきただけ」

「さすが！　それ、一番ですよ。体にもいいし」

「体より、サイフにいいのよ」

まんざらでもなさそうに笑顔を見せてくれた。

だれにもいじめられない。分をわきまえて、言葉にも行動にもきちんと気配りしていれば、だれからも受け入れられ、だれからも可愛がられる。

疲れるけれど。

ズンバとサウナで汗と一緒に、不愉快なものも洗い流す。そのつもりでやってきたけれど、だめだった。思い出すたびにむかむかしてくる。

「どうした？　元気、ないわね？」

自分の使った洗面台の上をティッシュで拭いていると、鏡の中にグレーのショートカットも上品な田村さんの顔が覗いた。

「え、……そんなことないですよぉ」と笑ってみせる。

「ねえ、ジュース飲んでいかない、ジュースっていうか、ほら、隣のマンションの一階にできた」

「ああ……スムージーのお店」

「駅前でチラシもらったのよ、一緒に行きましょう」

お店に入ってテーブルの前に座ると、田村さんは「荷物見ててね」と言い残しカウンターに行ってグリーンスムージーを二つ買ってきて、とん、と置いた。財布を取り出そうとすると「何してるの、いいのよ」と、ベージュのマニキュアをした指で美佳の手をぎゅっ、と押さえた。

「ごちそうになります」と礼儀正しく頭を下げる。

「それより、何か、困ったことでもあるの？」と声を落とす。「いろんな人が集まるからね、あのクラスも」

ジムの人間関係のことだと誤解しているのだ。

「いえ、あそこは、ぜんぜん。良い人ばっかりだから」

「ああ、そうなんだ。余計な気を回しちゃった、ごめんなさいね。ときおり憂鬱（ゆううつ）そうなお顔をなさるので、気になって」

心の片隅がほろり、と崩れた。

田村さんのご主人は新聞社の役員だ。暮らし向きや育ちの良さって、物腰や言葉遣いにさりげなく表れる、と田村さんを見ているといつも思う。

「主人と喧嘩しちゃって」

「あらあら……」

「いえ、あっちは喧嘩してるとは思ってないんですけど」

田村さんは小さく眉根を寄せた。

「男の人って、結婚してしばらく経つと、奥さんの心の中なんてぜんぜん気にもかけなくなってしまうからね」

「そうなんですよ」と思いの外、強い口調になって、しまったと口を覆う。

「いいのよ、いいのよ、もしかして女の人、とか？」

親身な表情が心に響いた。けれどどう話したらいいのか迷ってしまう。

「と、いうか……。田村さんのご主人って、新聞社ですよね、付き合いとかありますよね」

「そりゃ、どこまで付き合いで、どこまで息抜きか、なんて線は引けないけどね」

「でも、その中に女の人は交じってないですよね」

「ああ」と田村さんは納得したようにうなずいた。

「主人の会社は典型的な男社会だからそういうのはないわ。皆さん、あんまりお行儀はよろしくないけど。で、ご主人、女性と飲みに行って、『会社の付き合いだよ』とか言うの？」と話題をこちらに戻してきた。

「と、いうか……」

美佳は繰り返した。「みんなで行くんですけどね」

田村さんは思慮深い笑みを浮かべる。

「仲良しなんですよ、大学が一緒だから。何かというと、みんなで飲みに行ったり、美術館のスタディーツアーだの、古民家を見に行くだのと」

「まあ、高尚ね。それで奥さんは誘ってくれないの？」

「ぜんぜん」

「大学時代のお仲間なのね」

「それで同じ会社。やたらに主人の大学の卒業生ばっかり多い会社なんです。アテナファイリング」と美佳は、夫、大介（だいすけ）の勤めるオフィス家具メーカーの名を言う。

「学閥なのね」と田村さんはうなずく。「それで先輩後輩とか同期とかで、飲みに行ったり遊びに行ったりしていたら、奥さんに聞かせられない話も多いわね」

「会社の同僚っていうか、それ以上。本当に仲が良いんですよ。主人ともう二人は大学の寮で三年くらい一緒だったとかで、親友っていうか、家族以上に思ってるみたい」

「羨ましいわね、男の人は」

「それだけならいいんだけど、その人たちに私を会わせようとしなくて」

「家族抜きの付き合いってこと」

「女の人が一人、交じっているんです」

吐き出すように、肝心なことを言った。

吾妻智子（あづまともこ）、その名前を聞いただけで、頭ががんがんしてくる。

「マドンナなのね」

「そんなんじゃありません」

夫と同じ歳、ということは目の前の田村さんより少し若いけれど、ジムの他の主婦たちと同年代だ。けれどもあんなところでズンバなんか踊っていない。

元は夫と同じオフィス家具メーカーに勤めていたがとうに退職し、今は医学書専門の出版社で、翻訳書の版権だの何だのという仕事をしている。彼女だけは別会社なのに、未（いま）だに仲良しグループに入っている。ということは、やはりあれでもマドンナなのか？

一度だけ目撃した吾妻智子は、おばさんぽくはなかったけれど、とてもマドンナって感じの女性ではなかった。

「気のおけないただの友達、とか言うわけね、ご主人は」と田村さんがうなずく。

それが嫌なのだ。

夫、大介のところに、仲間は頻繁に電話してくる。男の人たちは、たぶん良い人たちなのだと思う。

独身時代、大介と二人でヨーロッパ旅行に出かけ、行く先々でゲイと間違われた、という潮田貴之は、写真ではブルドッグ顔の典型的な頑固親父風だが、優しくて妻の気持ちもわかってくれる人だ。以前、夫が泊まりがけで親類の法事に出かけていて、はしかにかかった息子を一人で看ていた夜に、たまたま電話をかけてきた。

「息子さんが病気なのに、大介が留守？　それは心細いね。ご実家のお母さんには来てもらえないの？　そうか、遠いのか。たいへんでしょうけど頑張って。早く治るといいね。お大事にしてください」と言われて涙ぐんだ。

細くて小さくて青白くて、繊細な雰囲気で、この人って感情があるのかしら、と首を傾げさせられたのは横川嗣治。夫とは学生寮で二年半、同室だったそうで、格別縁が深い。

以前、夫婦で吉祥寺で買い物をしていたとき、たまたま会ったのだが、結婚式の二次会で話をして以来、十二年ぶりだというのに印象がまるで変わっていなくて驚かされた。

「どうも、いつもご主人にはお世話になっております」と、ひどく丁寧でフォーマルな挨拶をされて戸惑った。礼儀正しいけれど存在感が無いのが個性、みたいな感じの人だ。リーダーシップを発揮しているのは、金沢秀樹（かなざわひでき）。やはり結婚式の二次会で、一度、会っただけだが、元ラガーマンで体格も良くて豪快な雰囲気の人だった。ランドクルーザーを持っていてアウトドアが趣味。大介によれば火起こしやテント張りなども一番うまく、みんなに頼りにされているらしい。映画にも音楽にも、文学にまで詳しくて、だれとでも話ができて、だれとでも盛り上がれる。ワインの趣味も究めてアドバイザーの資格を取った。ピアノが弾けて英語も中国語も堪能。要するにデキる男。

遊びに行く計画を立てるのはいつも金沢で、大介にも連絡を回してくる。それもメールや携帯ではなく家の電話にかけてくる。夫に取り次ぐ前に、挨拶の延長でおしゃべりすることもあって、彼には何となく親しみが持てる。昔の仲間を集めて遊び歩く張本人なのに、その前向きでさっぱりした男らしい口調は、なぜか憎めない。

「奥さんも来ませんか」の一言が無いのは、リーダー格の金沢の意向なんかじゃないと思う。たぶん、別の人の気持ちを酌んでいるのだろう。メンバーの中には昔の仲間だけで独身気分で遊び歩きたい、みたいな感覚の人もいるかもしれないし、それ以上に、みんな「あの人」に気兼ねしているのだ。

遊びに行く連絡は家の電話だけれど、金沢秀樹はそのときの一部始終を写真付きでSNSに投稿している。

それを私がチェックしてないとでも？

もちろん夫の大介はそんなことは知らない。一度、大介が携帯から金沢秀樹に苦情の電話をかけているのを聞いてしまった。

「あの書き込み、とくに写真については、一応、メンバー限定にしておいた方がいいな。プライバシーの問題があるから。……いや、そういうことじゃなくて、人によってはまずいだろう。……いや、君が気にしてなくても、立場が立場の者もいるから」

ひそひそと、回りくどく卑屈な感じの物言いだった。

人によってはまずい、とはつまり「僕にとってまずい」ということだ。

妻に見られたりするとうるさいから、ああいう内容、ああいう写真はアップするな……。

そう、あの日曜日、夫たちは入谷の朝顔市に出かけた。それから何とかいう老舗の蕎麦屋で、卵焼きで昼酒を飲んで、軽く食べて、まだ陽が高いうちに帰宅した。

後ろ暗いことなんか何もしてないよ、だから文句言うな、と言わんばかり……。

SNSには夫が帰ってきて話した通りのことが書かれていて、集合写真の右から二番目に、大介とあの小さくて青白い存在感のない人……何て言ったっけ……そう横川さんに挟まれて、あの女、吾妻智子が微笑を浮かべていた。顎を引いて、歯を見せずに、にっ、と口角を上げて、余裕の笑いだった。

夫は仲間と始終電話でやりとりしている。男同士だというのに、長々としゃべっているその親密な様に呆れて、「いったい何の話なの?」と尋ねてからは、事細かに内容を伝えてくれるようになった。変な話じゃないよ、と言いたげに。

仕事や、ましてや会社の人事の話などは家族に聞かせられない。そんなことは男の人がみんな言うし、わかっている。けれどあの人たちと夫の話題といったら趣味や遊びや仲間内の噂話ばかり。おかげで結婚式以来、ほとんど顔を合わせたことのない人たちなのに、みんなの顔や性格がすぐに思い浮かべられるようになってしまった。

そこまではいい。たとえ誘ってもらえなくても。

許せないのは、女までが平気で夫の携帯に電話してくること。

夫の会社で作っているオフィスチェアの新機能がどうなっている、とか、来週からドイツ出張なんだけど、現地に持っていく日本土産で、そちらの会社で作っている文房具で良い物はない? とか、そんな電話を夜、食事を終えた頃に平気でかけてくる。

一度など、夫が風呂に入っていたので、スマホの画面で名前を確認して出てやった。

「和泉さんの携帯ではありませんか」とこちらの姓を尋ねられたので、「主人は、今、電話に出られないのですが」と答えると、「吾妻です、こんばんは。いつもお世話になっております」と平然と挨拶した。そして「それではまた後ほどかけ直しますので、電話のあったことをお伝えください」と、何の用件なのか言わずに切ってしまった。

風呂から出た大介がかけ直すと、旧友の一人が脳梗塞で倒れ入院した、という連絡だった。その話を発端に、ぼそぼそと肝機能の値がどうとか、無理したら帯状疱疹が出たとか、お互いの体の事情を事細かに話していたのは、とても不愉快だった。

「連絡回すのはしょうがないけど、何でその人に自分の体のこととか話すわけ？」と怒ると、「普通の会話だろ」と大介はわけがわからない、という顔をする。だから他人の夫とそんなプライベートな話までするのがおかしい、とさらに抗議すると、「そんなの会社の女の子とだって普通にするだろ」と相手にしてくれない。

「だいいち、あっちだって所帯持ちだぜ」という言葉になおさら驚いた。いったいどんなご主人なのだろう。妻が夜、男の携帯に電話しているのを黙認するなんて。

それからしばらくした頃、その吾妻智子がある先生の移植医療の取材に同行してインドに行くことになり、大介たちは「壮行会」を行うことになった。

奥さんたちには声はかからないの？　と尋ねると、大介は、「まあまあ」と嫌なごまかし方をした。

腹が立って、翌日、ママ友たちとお茶したときに、そのことを話した。

「それって絶対、おかしいよね」

「元カレかどうか知らないけれど、結婚したっていうのに電話したり、一緒に遊んだりなんてありえない。非常識よ、その女」

一人息子の幼稚園時代からの付き合いで、小学校に入った後も続いている人たちばかりだから気持ちはわかり合える。みんなが共感してくれた。

「私なら絶対、許さない。そんな仲間と付き合ったりしないでって、主人に頼むと思う」

「頼んだってだめ、ちょっと君、おかしいんじゃないの？　って顔してごまかすんだもの」

そんなやりとりをしていると、「それならみんなでその場所に乗り込めばいいのよ。知らん顔して」と提案したママがいて、たちまち話はまとまった。

ママ友たちは普段はお茶か、せいぜいランチで集まるくらいなのだけれど壮行会は夜、しかもイタリアンレストランで開くという話だったので、それならめいっぱい可愛くして行こうという話になった。

「だって、その女って、いい歳したおばさんなんでしょ」

ママの一人が言って、みんなでうなずき合った。たとえ全身ブランド物で決めていたって、プチプラしか身に着けていない若いママたちの敵ではない。

その夜、大介に何気なく会場を尋ねて耳を疑った。

「マンマミーア」

ピザが一枚三百八十円、グラスワインが一杯百八十円という、チェーン系の激安イタリア料理店、というよりファミレスだ。

久々、おしゃれをして夜の女子会、のつもりが、結局、子連れママの会のようになってしまったのは、下に小さな子がいたり、高学年とはいえ小学生の子供たちを夜、一人で家においておけないといった事情があったからだが、なにより店がそこだったからだ。

当日、大介たちのテーブルに吾妻智子はおらず、男ばかりで盛り上がっていて、当の大介も、自分の妻が仲間を引き連れて店に入ってきたことにまったく気づいていなかった。

大介たちの斜め後ろのテーブルに案内され、ママ友の一人が高校生と高齢者ばかりの店内を見回して、拍子抜けしたように肩をすくめた。

「五十間近の一流会社の人たちがこれって、ありえなくない？」

「ただの友達をアピールしているのよ」

カラー写真満載のメニューを見ていた別の一人が視線を上げて鋭い口調で言った。

ほどなく、ぴかぴかに明るい店内の若い子連れママグループの中に、自分の妻と息子を発見した大介は、えっ、という顔をしたあと、ひどく気まずそうに同じテーブルのメンバーを見回し何か言った。

即座に幹事の金沢が立ち上がり、にこにこしながらやってきて、「いやぁ、ここの座席だけ、ぱぁっと明るいですね」と両手を広げた。潮田が席に座ったままこちらを振り返り、「帰りは大介が一緒だから、遅くなっても安心だね」と声をかけてきた。金沢の後ろから相変わらず青白い顔の横川が近づいてきて、ママ友たちそれぞれに向かって会釈し、「たまには外でみなさんで夕食もいいですね。お子さんたちも喜ぶし」と当たり前すぎるコメントをした。

それでも同じ店内にいる美佳たちに、だれも「こっちのテーブルに来て一緒にやりましょう」と誘ってこないのは、こちらが子連れグループだということもあるが、何より吾妻智子への配慮だとわかっているから、余計に腹が立つ。

問題の吾妻智子は、それから数分して登場した。

美佳の耳打ちにママ友全員があんぐりと口を開けた。互いに顔を見合わせ、それが彼女だと再確認し、だれもが脱力した。

襟立てポロシャツに十分丈のチノパンなどという、今時考えられない服装だった。がっしりした長身で、お尻が大きく、チノパンの腿のあたりもぴちぴちだ。重たそうな布のリュックサックを担いでいるが、中身が旧式のノートPCだというのは角張ったフォルムとリュックのロゴからわかる。ブランド物の革のスニーカーは、何年はいているのかくたくたで、指の付け根部分に皺が寄っている。

吾妻智子がこちらに気づかないまま、どさりと壁際に座ったとき、その頭を見てびっくりした。肩まで垂らした茶髪には白髪染めがきちんと入っていなくて、分け目が二センチほど白い。額も鼻も高くて、目も口も大きい。額も顎も長いから、面長の美人とかいうほめ方もあるだろう、昔なら。だが雰囲気的には面長というより、顔がデカいといった方がぴったりする。

声が太くて、ビールのジョッキを握った指も芋虫みたいに太い。大ジョッキでビールをあおって、があがあしゃべって、だはは、と笑っていた。本当に、があがあ、だははは、なのに、男のだれも、嫌がる風もばかにした様子もない。

横川嗣治が、ペペロンチーノを取り分けてやりながら、「相変わらずかっこいいよね、吾妻さん」などとお世辞を言っているのが聞こえてくる。

「さばさば系をアピールして、さりげに他人のダンナを寝取るタイプ。要注意よ」と離婚計画中のママが、自分の娘の手をぎゅっと握ったまま美佳に目配せしてきたが、他のメンバーは気づかず笑っていた。男に平然と料理の取り分けをさせ、片手を上げてテーブルを見回し、「生中（なまちゅう）、おかわりの人、他にいる？」などと仕切っている女の姿に呆れているだけだ。

あんな女に夫がふらふらする、とは美佳にも思えなかった。

少なくとも夫の趣味はわかっている。

清楚（せいそ）で、賢いこと。賢いは、彼の同期のように偏差値が高いということではなく、女として賢いこと。そして何より若いこと。

だから私を選んだのよ。

そう美佳は確信している。

あのときは就職一年目、といっても派遣だったが、結婚に迷いはなかった。婚活パーティーは業者の主催ではなく、大介の会社、アテナファイリングの社員が同僚を集めて企画した合コンのようなものだったから、集まった男たちの身元も年収も割れていた。

会場でまっすぐにこちらにやってきた大介は、「飲んでますか？」と声をかけてきた。十五歳も年上で、美佳からすれば紛れもないおじさんだったが、不潔感が無くて真面目そうなところがいいな、と感じた。参加者の中には、遊び人がそろそろ身を固めようと婚活に乗り出した、みたいな雰囲気のイケメンアラフォー男もいたが、結婚を前提に付き合うとすれば、断然、大介の方だった。

そして二十二歳という自分の歳が、モデルみたいな美貌より、センスの良い服より、お嬢様学校卒の学歴より、ずっとずっと強みだ、ということを美佳は知っていた。付き合ってみると大介は見た目通り真面目で、一回り以上も年下の妻にはとりわけ優しい男だった。お互いの両親も結婚に賛成してくれた。

お金の面ではたぶん一生、苦労しない。

婚約中に妊娠がわかったので、婚姻届を出すと同時に派遣会社を退職した。そうして生まれた息子もまもなく中学生になる。のんびりすくすくと、母親思いの優しい子に育った。同世代の女子の中では、完全な勝ち組。そのはずだったのだが……。

壮行会の場にみんなで偵察に行った十日後、夫が和室でこそこそと電話をしていた。夜の十一時過ぎに。

口調がやけに親身だった。もともと夫はいい人だから、だれにでも親身なのだが、それにしてもその心配そうな様子はただごとではなかった。

聞いたことのない地名と、デリーがどうこうという話から、相手がだれなのかすぐにわかった。

浮気はしないけれど、夫は若い子が好きだ。保険会社、証券会社、ディーラーなどの担当者が若い女の子だと言葉の軽さと勢いが違う。隣にいて恥ずかしくなるほど前のめりになる。下心なんてないし、そもそも自分のようなさえない中年男が相手にしてもらえるはずがないと知っているのに、目がきらきらしている。

そんなのは、「ほんと、男って、ばかよね」で許せる。

けれど親身な口調は許せない。

「いや、すぐにそこを出た方がいい。知り合いがグルガオンにいる。連絡を取るから、万一のときは彼のマンションに身を寄せろ。駐在員同士の情報が入るから。……いや、大丈夫じゃない。……そうか、わかった。じゃ何かあったら躊躇(ちゅうちょ)せず電話くれ」

電話を切って夫は、またしても普通の顔、普通の口調で説明した。

「さっきネットニュースで見たんだよ。吾妻が行ってるインドの町で暴動が起きた。ホテルで爆弾騒ぎもあったらしい。日本ではすぐにニュースが流れたのに、現地の旅行者には何も情報が入らないんだ。さっきから町が騒然とした雰囲気だけど、なんて呑気(のんき)に構えてるんだ、あいつ」

「だからって、こんな夜中に電話するわけ？」

「あっちはまだ八時過ぎだぜ」

そもそもインドのどこかの町で暴動が起きた、なんてマイナーなニュースをすぐにネットニュースの画面で見つけられるはずがない。夫はあれからずっと吾妻の行き先をチェックしていたということだ。

むかむかしてきて、「どうだっていいじゃない、そんなの」と叫ぶと、夫はびっくりしたように瞬（まばた）きし、こちらの顔をまじまじと見た。

「何、考えてるんだ？　やつとは友達というか、戦友みたいなものなんだよ」

吾妻智子の最初の就職先は、大介たちと同じアテナファイリングだった。新人時代に配属された営業部の厳しい仕事を励まし合って乗り切った、という話は聞いたことがある。だがアテナファイリングでは女の人に出世の目が無かったので、吾妻智子はさっさと見切りをつけて転職してしまった……。

友達……。戦友……。

「さばさば系をアピールして、さりげに他人のダンナを寝取るタイプ。要注意よ」というママ友の言葉が、急に現実感を帯びてきた。

「男と女の間に、友達とか戦友なんて、あるわけないじゃない」

平気でそんなごまかしを口にするなんて、妻をばかにしているとしか思えない。

「だいたいそんなのご主人が心配すればいいことでしょ。なんで関係ないあなたが気にするのよ」

夫はこちらを見つめた。垂れた目が、不思議そうに見開かれた。二度、三度、瞬きして、その後に浮かんだのは、ばかにしているというよりは、今にもため息をつきそうな、疲れた表情だった。

「つまらない生き方をしてきたんだな、君は」

その一言で完全に切れた。

「私がこんなに嫌がっているのに、あなた、どうでもいいわけ？　私の気持ちをめちゃくちゃにして平然としてるわけ」

自分の喉から出た叫び声がくぐもった。情けないけれど涙がこみ上げてきた。

「わかった、悪かったよ、俺が」

夫は慌てふためいたように謝った。けれどこちらに背を向けて隣の部屋に消える直前につぶやきが聞こえてきた。

「勘弁してくれよ、まったく」

そのときはそれで終わりだった。息子がリビングに入ってきて、だまってこちらを見ているのに気づいたからだ。

そんなことがあったから吾妻智子やその取り巻きと付き合うのも少しは控えるかと思っていたのに、二週間も経たないうちに、今度は向こうから電話をしてきた。

いつもより早い時間、ノー残業デーで珍しく夜の八時前に大介が帰宅したそのとき、地鳴りのような音がした。

何が何だかわからないまま恐怖に固まって、「なに？　なに？」と部屋を見回していると、ソファでタブレット端末をいじっていた息子がそれをかばうように両手で抱いた。

格別慌てた風もなく大介がのそりと台所に入ってくると、固定していなかった食器棚を両手で押さえながら、「おいっ、テーブルの下に潜れ」と低い声で美佳と息子に指図した。

言い終わらないうちに、鉄筋コンクリートのマンション全体が痙攣（けいれん）したように震えた。すぐには地震とは思わなかった。

息子は言われた通りにテーブルの下に潜ったが、美佳は動けずに固まっているうちに、揺れはおさまっていた。

幸い、家具が倒れたり、食器が割れたりはしなくて、息子はすぐにネットニュースで震源地は、マグニチュードは、とテレビより早く報告してくれたが、美佳の方はまだ心臓がどきどきしていた。

「大丈夫？」

温かく大きな夫の掌（てのひら）が肩に置かれた。

「余震がくるかもしれないけど、震源地が遠いから心配ないさ」とテレビの画面を指差す。

呑気な夫だが、こんなときは頼りになる。

そのとき、隣の部屋で小さな音で携帯が鳴っているのに気づいた。

「何かあったかな」と、いかにも嫌そうに、夫は鞄(かばん)の置いてある和室に行った。

会社からの連絡だ、と思った。どこそこの事業所で被害が出ている。これからすぐに出社してくれ。東日本大震災のときには、そんな電話がかかってきたからだった。

ところが聞こえてきたのは、プライベートな雰囲気のやりとりだった。友達というより、もっと親密、もっとしみじみとした……。

「あ、ああ、大丈夫だよ、ありがとう。うん、家に戻っていたから。心配かけちゃったね。ありがとう、いやぁ……」

たたきつけるような勢いで襖(ふすま)を開け放っていた。

きっと鬼の形相だったんだと思う。「じゃ」と言って夫は早々に電話を切った。

「今日も残業で、エレベーターに閉じ込められているんじゃないかって、心配してかけてくれたんだ……」

最近本社ビルが手狭になったために、夫の部署だけ近くに建った高層ビルの上層階に移った。相手はそのことも知っている。

「なんでひとの主人のことを心配するわけ？」

「君だって、友達が危ないときに安否確認くらいするだろう」

「男の人なんかに電話しないわ」

「だから男とか女とかは関係ないんだよ」

「実際に女じゃないの。女があなたの携帯に電話かけてくるのよ」

「会ってくれの、浮気しましょうの、と言ってるわけじゃない」

いきなり開き直られて、頭がくらくらした。

「それが嫌なのよ」

思わず金切り声を上げている。なぜわかってくれないのだろう。

若い女がアニメ声ですり寄ってきたり、水商売風の女が胸の谷間を見せて誘ってくるならまだいい。「ただのおばさん」ですらない、半分親父のようなセンスの女と夫の親密な関係。そんなものを見せつけられるなんて。

「私の気持ちなんかどうでもいいわけ？　こんなに嫌な思いをしているのに、何も感じないわけ」

大介はぶるぶると首を振って、背を向けた。

「ああ、うるさい、どうでもいいことでぎゃあぎゃあ喚かれて」

今度は謝りもしなかった。

息子が近くに来て、眉根に皺を寄せて両親の間に視線を行き来させている。

「変な女がお父さんの携帯に電話をしてくるのよ」

子供にそんなことを言っていいのかどうか知らないけれど、少なくとも嘘じゃないし、子供にごまかしを教えるよりいい。夫がどんな人か、息子には知っておいてもらいたい、という気持ちもあった。

息子は思いのほかに冷めた視線でこちらを見上げた。

「お父さんが浮気してるってこと？」

「ばか言え」

吐き捨てるように言って、大介が肩をすくめた。

それから気づいた。大介の友人の電話番号なんか知らない。着信記録から金沢や潮田のすぐにでも吾妻智子の家と職場に電話をかけて、あちらのご主人や上司に洗いざらい話してやろうと思った。

電話番号はわかるけれど、吾妻は、家の電話にはかけてこないから夫の携帯でも見なければわからない。夫はきっとロックをかけているに違いない。

その夜は寝室ではなく、和室に客用の布団を敷いて寝た。

寝つけないまま、吾妻智子という女にどんな復讐をしてやろうか、と考えた。同じことを繰り返し考え、その都度、怒りと絶望の密度が増して心の中が真っ黒になっていく。

窒息しそうな苦しさを覚えたとき、気づいた。

離婚は嫌だ、私はあのママ友とは違う。いえ、彼女だって離婚計画中とは言っても、具体的なことなんか、まったく考えていない。

友達には、極端に貧しい家の妻はいないし、離婚してシングルマザーになった人もいない。もし離婚などしたらどんなに悲惨な生活が待っているか。お腹を空かせた子供がティッシュペーパーを食べたとか、若いお母さんがたくさんデリヘルで働いていて、それでも足りずにソープランドに流れる人もいるとか、ネットを覗くと、ぞぞっとするような話がたくさん出てくる。

派遣で一年足らずしか働いた経験がない私が、条件の良い仕事に就けるはずがない。慰謝料と養育費で子育てしながら今の生活レベルを保つなんて無理だ。兄嫁が幅をきかせている実家に援助してもらいながら、隣の音が筒抜けの1DKのアパートで肩をすぼめて暮らすなんて、想像しただけで泣きたくなる。

そう、離婚なんてあり得ない。絶対に。大介には離婚しなければならないようなDVも、浪費癖も、浮気癖もない。吾妻智子のことさえなければ、この先もずっと仲良くやっていける。

夫が反省し、考え方を変えてくれればいい。それだけのことだ。

だが夫の方から離婚だ、などと言い出されたら元も子もない。冒険は絶対にしない夫のことだから、そんなことにはならないだろう。けれど家族としての情を失ってしまうくらい嫌われてしまったら、この先何十年も一緒に暮らしていくのは、きっと辛い。

それならどうしたら夫が反省して、考え方を変えてくれるだろう……。


翌朝、息子を学校に送り出した後、本棚のファイルボックスから夫の同窓会名簿を引き出した。

向こうのご主人に電話をかけ、事情を話して妻を叱ってもらえばいい。そう考えたのだ。ところがいくら探しても名簿に吾妻智子の名前がない。しばらく考えた後、はたと思い当たった。

吾妻智子は結婚している。なのにあの壮行会の夜、取り巻きの男たちは彼女のことを「吾妻さん」と最初呼んでいた。それで酔いが回るにつれ、「よぉ、吾妻」と呼び捨てにし始めた。人妻の姓は呼び捨てにしない。さん付けにするか、下の名前で呼ぶ。

旧姓で呼ばせているのだ。

あたしは、ここでは未婚よ、結婚なんて関係ないでしょ。

以前、派遣先の正社員の中にはそういう女たちがいた。顧客や取引先が混乱するとかいう理屈で、旧姓で通す人たち。庶務関係の仕事をしていた美佳にとっては、二つの姓を使い分けていろいろな書類を提出してくる女たちは、本当に迷惑だった。

同窓会名簿は毎年新しいものが送られてくるから、吾妻智子は当然、結婚後の姓で載っている。夫の年度の卒業生は二百人近くいる。その中で「智子」という名前は三人。住所からはだれがだれか判断がつかない。

次にパソコンを開き、夫のメールをチェックした。ロックはかけていない。仕事以外のことになると、大介はずぼらだ。そして仕事上のものは私物のパソコンに転送するのを禁止されているため、家のパソコンにあるのはプライベートなものだけだ。

吾妻智子とのやりとりは仲間内のメーリングリストにしかなかった。みんなが見るものだから、変なことは書いていない。となればやはりスマホを見るしかない。

何だかぐったりした。肩も首も背中も凝って、板のようだ。

自分はつくづく嫌な女になった。そんな気がした。

取りあえずストレスを発散しなければと思い、重い心と体を引きずるようにして、この日、ジムにやってきて、ズンバの教室に参加したのだった。

「本当に嫌な目に遭ったね」

田村さんは、美佳の目をみつめ、大きくうなずいた。それから両手を頭の後ろに組んで天井を見つめた。

ママ友なら即座に共感して、一緒に怒ってくれる。そしてたぶん美佳の方が引いてしまうほど過激な復讐の手段を次々に提案してくれるだろうが、さすがに分別のある歳のせいか、田村さんには余裕がある。

「ねえ、私考えてみたんだけど」

田村さんはこちらに向き直り、ほおづえをついた。

「つまりあなたにとっては、不愉快な男女入り乱れた交際なのに、ご主人たちは友情だ、と強弁する、それが嫌でしょうがないのよね」

「それです、強弁です」

強弁。なんてぴったりな言葉なのだろう。

「で、みんな結婚してる」

「そうなんですよ、みんな奥さんがいるのに、その女の取り巻きをやってるんです」

田村さんは大きくうなずくと言った。

「ホームパーティーを開きなさい、あなたが主催して」

「ホームパーティー？」

考えもしなかった。

「そう、日曜の昼間に、来てもらうのよ」

「でも、私、パーティーなんて……」

同年代の男と結婚したママ友たちに比べると広いマンションに住んでいる。子供がいたって、部屋はきれいに片付けているし、ローテーブルには切り花か鉢植えが必ず飾ってある。けれどパーティーができるような部屋はない。

「お友達呼んでお茶したことなんかは？」

「いえ……」

集まるのはファミレスやカフェだ。仲良しとはいえ、自宅マンションの豪華なエントランスや見晴らしのいいリビングを見せたりしたら、こちらはそんな気がなくても、マウンティングと受け取られるからだ。見栄の張り合いをしているママたちのグループもあるけれど、こちらはそんな趣味はない。何より仲良しグループにひびが入るのは嫌だ。

「構える必要なんかないのよ、昼ならちょっとしたお茶とお菓子、夜ならお酒と簡単なおつまみ、ピザを取ったっていいのよ。パーティーはお互いに知り合いになっておしゃべりを楽しむものであって、ごちそうを食べるのが目的じゃないの」

決して上から目線でもなければ、押しつけがましくもない言い方だった。

「肝心なのは、必ず奥様とご主人を連れてきてもらうことよ。いい歳して学生気分、独身気分の不愉快なメンバーシップを変えてあげるいい機会になるわ。もっと家庭的で大人の付き合いに変えてあげるの。奥様同士が親しくなってお家(うち)のことなんかをどんどん話題にするようになれば、家庭のある男女が互いに携帯でやりとりする、なんて怪しげな雰囲気はなくなるものよ」

「さすがですね」

いつもの年長女性たちに対するお愛想ではない。本心からそう思った。

「もしかして、田村さんって、それでご主人の浮気の虫を撃退なさった、とか？」

少し茶目っ気を出して言うと、田村さんはころころと笑った。

「そうそう、ああいうのは虫だから、ヒステリー起こして泣いたり喚いたりしちゃだめよ」

「はい、反省しています」と背筋を伸ばす。

「ご主人様をね、悪いことはできないし、したくもないって気持ちにさせるの。しつけはだめよ。仕向けるの。しつけではなく仕向け。子供に習い事をさせるのと同じ、温かく見守って、仕向けなくちゃ」

本当にこの人の言うことにはうなずかされる。

そういえば田村さんは以前言っていた。

「夫の出世は、妻がどう振る舞うかにかかっているのよ」と。

それから考えた。子供まで含めて、みんなが集まったら十人を超える。

「椅子が……」

「フローリングに座布団、それからソファでいいの。うちなんか外国からのお客さんもそれで接待しているわ。テーブルの上に食べ物を置いて、各自勝手に取ってもらうの。洗い物がたいへんだから、紙皿、紙コップでいいのよ」

「そんなに大げさに考えなくていいんですね」

「そうよ。アメリカ人のお宅にうかがったときなんか、あなた、クラッカーとグミと紅茶だけよ。みんなソーサーに各自のお茶やお菓子を置いて、フローリングにあぐらかいておしゃべりしていたわ」

けれど……。

「私、ローストビーフとか焼けちゃうんですよ、和食も得意だし、ケーキとかもささっと作れるし」

「ますますいいじゃない」と田村さんは目を輝かせて、美佳の手を握りしめた。

「見せつけてあげなさいな、ご主人のお友達に。どう、こんな若くてきれいな奥さんが、お料理も上手なのよ、って」

「え、きれいなんかじゃないですよぉ、ぜんぜん」

素早くいつもの対応に戻る。年上の女に若さや美貌を褒められて、あっさり認めたりしてはいけない。

「何言ってるの、すごい美人さんよ、あなた」

「そうですか、田村さんにそう言ってもらえて、ちょっと自信が持てました」

女から見ての感じの良い受け答えは、女子校の世界でしっかり身につけた。だからいじめに遭ったことも、仲間はずれにされたこともない。友達からも先輩からも後輩からも。だれとでもうまくやっていく自信はある。少し疲れるけれど。だが吾妻智子のような非常識な女は例外だ。


その夜、夫にパーティーの件を切り出そうとして思いとどまった。このタイミングだと、だれかに相談して入れ知恵された、と見抜かれそうだったからだ。大介はそんな風に妻の心や家庭生活に考えを巡らせる方ではないけれど、昨日の今日ではやはり何か魂胆が、と受け取られそうだ。

チャンスを待っていると、果たして数日後、金沢秀樹が浮き浮きした声で電話をかけてきた。挨拶を交わし、天気がどうとかそんな話をした後、「今度はどんな企画ですか？」とさりげなく尋ねると、「大人の社会科見学です」と金沢は歯切れ良く答えた。「ビール工場の見学の抽選に申し込んだところ、当選しましてね。しかもドイツから来られた技師の方のレクチャー付き。いや、僕なんかはもっぱら試飲目当てですけどね、こっそり柿の種でも持ち込もうかとか、考えてるところです」

相変わらず快活な口調だが、「奥様もご一緒にどうですか」の言葉はない。

夫の大介が代わり、電話を切った後、少し気まずそうな笑いを浮かべてスマホの画面を見せた。

金沢は前もってメールを送ってきていた。

「午前十一時に駅前集合、試飲を含めてレクチャーと見学は実質二時間、その後はうどんで昼酒宴会といきましょう」とある。

ビール工場は、ここから私鉄で一駅の場所だ。堤防を二十分も歩けば、美佳たち夫婦の住んでいるマンションに着いてしまう。

例の提案をするには絶好のチャンスだった。

「うどん屋って、あの三郷（みさと）？」と高級うどんすき店の名を言うと、「とんでもない」と大介はかぶりを振り、自販機で食券を買い、セルフサービスで汁まで入れるのが売りの激安讃岐うどん屋の名を答える。

いい歳をして、一流企業に勤めていて、わざわざ貧乏臭いことをする。清貧気取りというか、スノッブぶりがいやらしい。

「ねえ……」

慎重に切り出す。

「うちに来てもらわない。うどんじゃないけど、ランチくらいごちそうできるから」

「へ……」

大介は瞬きした。

「ホームパーティー。奥様やお子さんも一緒に来てもらうの」

「この狭いところに？」

「あのおうどん屋さんよりましよ」

「第一、君がたいへんだ、揃って大食らいだし」

「何言ってるの、手際はいい方よ、オージービーフでローストビーフを焼けば、あとはサラダくらいで、あなたが前もってワインを見繕っておいてくれれば」

「待って、ちょっと待って」

慌てふためいた様子で大介は両手を振った。

「工場見学は五人分しか申し込んでないから、奥方までは無理だ。それにビール工場の見学に子供は連れていけない」

「見学のあと駅で待ち合わせて一緒にくればいいだけでしょ」

「そんないきなり言われても、それぞれ奥さんには奥さんの予定もあるだろうし」

「二週間も先のことよ」

「いや、それはちょっと……。ま、そういうことは僕にまかせて、というか金沢にまかせていることだから」

やはり何かあるのだ。妻たちに入られては困る事情が。

いや、単純に家族なんかいないことにして、青春の気分を味わおうというのだ。おばさんマドンナを囲んで、とうにおじさんになった男たちが。

「家族なんか忘れたいってことなのよね」

「また、そういうことを言う」

「都合良く、女房、子供のいない世界を楽しみたいって、ことなのよね」

「そうじゃなくて、いろいろ差し障りが……」

本音が出かかったように見えた。

差し障り、とは何？　たぶん昔、何かあった。美佳と結婚したとき大介は三十七歳、一浪して入学した金沢と横川は三十八歳。みんなすでにおじさんだった。あの人たちの若い頃を自分は知らない。もちろん青春も。妻たちに知られたくない秘密、甘くて苦い青春の秘密をみんなで共有して、今もそれを持ち寄っては楽しんでいる。

けれどそんなものを家庭を持ってからまで大切に胸に抱いていられるなんて、耐えられない。それを仲間内で持ち寄るなんて、最悪だ。

「わかった。本当はそういう人だったのね」

「そういう人って、大げさな……」

うろたえている様が白々しい。

「じゃあ、差し障りって何なのよ」

「ほら、立場ってものがあるんだよ、君に男の世界なんてわからないだろうけど」

「男の世界って、何よ、男の世界って？」

金切り声を上げていた。

「よく、そんなひどい言い方できるわね。外で遊んでも文句言うなとか、妻と愛人は別物とか、そういうことでしょ。友達とか戦友とか、だからあなたの言うことなんて信用できないのよ」

「だれもそんなこと言ってないだろ、いい加減にしろ」

田村さんに言い含められていたというのに、反省したつもりだったのに、ヒステリックに喚いていた。

「わかったよ、断ればいいんだろ、断れば。ああ、今から電話をかけて断るよ」

ふて腐れたように扉を閉めると、大介は部屋から出て行った。

しばらくして玄関のドアの閉まる音がした。

えっ、と時計に目をやった。午後六時二十分。日曜日の……。

夫は外に行った。

今まで喧嘩はしても、たいていは妻の機嫌を取るような形で大介が収めていた。十分も経たないうちに、へらへらと笑って話しかけてきた。

家を出て行ったことなど初めてだ。

部屋に取り残されて、急に怖くなった。まさか本気で別れるとか別居しようとか言い出すのではないだろうか。

その一方で目がくらみそうな怒りが突き上げてくる。

つまりこれって、妻である自分より昔の仲間の方が大事、ということなのよね。

家を出て、横川か、潮田か、金沢か、まさかあの吾妻智子を呼び出して、妻の悪口と家庭の愚痴で飲んでいたりする……？

苛立（いらだ）つと美佳は部屋の模様替えをしたくなる。

唇を引き結んで、リビングのソファ脇のマガジンラックをどかし、重たいサイドボードを寄せる。

がたがたやっていると、いつの間にか息子がそばに来ていた。

「何してんの？」

「雰囲気、変えてるのよ」

険しい口調で答えた。こんなことを息子に知らせないのは親の分別と思ったが、息子の方から「お父さん、出て行ったね」と言われて、張っていた気持ちが崩れた。

「そう。お父さんはね、昔のお友達の方がお母さんやあんたより大事なの。それでお母さんが意見したら出て行っちゃったのよ」

本当のことを息子に知らせておかなくては……。

「へぇ」

うそっ、と思った。共感も同情もない。お母さん大好き、なはずの優しい息子が。

あの、いかにもつまらなそうな反応、くるりとこちらに背を向け自分の部屋に引き上げていく、その億劫（おっくう）そうな歩き方が父親そっくりだ。

九時間近になって夫は帰ってきた。玄関扉の鎖をかけてやろうかと思ったが、入れろの入れないのとやりとりするのも嫌だったから、黙って開けた。

「ただいま」

機嫌を直している。喧嘩は後を引かない。もともとそういう人だ。ママ友たちは羨ましがる。けれどそれは、人の心をめちゃくちゃにしているくせに、そんなことはどうでもいい、と開き直っている証拠だ。

「ほい」

大介はにこにこ笑って紙袋を手渡した。

近くのショッピングモールに入っているカフェのデニッシュペストリーだ。

美佳と息子の大好物だが、とてつもなくハイカロリーだからもう食べない、と先日、食卓で宣言したばかりだ。妻の話を覚えていないし、そもそも聞いてもいない。

それから大介は扉を大きく開けた。

持ち手のついた段ボール箱が足下にあった。

「何、買ってきたの？」

「おもちゃ、大人の」

大介は照れたように笑った。センスの悪い冗談は嫌いだ。下ネタはもっと嫌だ。

ろくでもない目的で友達と会うことを妻に反対され、ふて腐れて家を出て、家計のことなど考えずに散財して機嫌を直して帰ってきた。そんな夫のことを心底、嫌いになりそうだ。でも離婚はできない。

翌日から大介は自室として使っている北側のサービスルームの本棚やオーディオ装置を片付け始めた。まさか勝手に外に部屋を借りるつもりなの、と不安にかられた。

普段と変わらずににこにこしたまま、「ま、ちょっと離れてくらしてみようか」とか言って荷物をまとめて出て行き、慰謝料もなく円満離婚に持ち込まれたりしたら……。

追及しても夫は笑ってはぐらかすばかりだから、もやもやした気持ちが膨らんできて、想像は悪い方へ悪い方へと転がっていく。

仲間と約束したその日、夫は出かけなかった。待ち合わせ時刻の十一時頃から自室にこもってしまった。

どうせスマホで連絡を取り合って、金沢あたりが逐一送ってくる写真付きのメールに返信しているのだろう。本当に不愉快で、その一方で心配にもなってくる。

昼食の時間が過ぎても、大介は部屋にこもったままダイニングに出てこない。けれどテーブル上に持っていってやるのもしゃくだったので、息子と二人で済ませた。

いつまでも手を付けない食事が残っているのも目障りでいらいらする。

一時間ほどそのままにした後、冷めきったパスタとおかずを一皿にまとめて電子レンジにかけ、息子を呼んで、「パパに持っていって」と頼んだ。

息子は、何も聞かずに受け取った。

そして納戸のような北側の部屋に入ったきり、息子までが戻ってこなくなった。

まさか息子にろくでもないことを吹き込んでいる？

「もしお父さんとお母さんが別れたら、君は、どっちと暮らしたい？」

そんな質問をされたら、たとえ冗談でも、息子にとっては大きなトラウマになってしまう。

いえ、最近、何だか夫に似てきた息子のことだから……。

もしお父さんと二人で暮らせば、おいしいおやつが自動的に出てきたり、サッカーで汚した泥だらけのウェアが翌日にはきれいになってスポーツバッグに入っているとかいう便利な暮らしがなくなってしまう。けれどお母さんと二人になったら、お金が無くなるからサッカーもスイミングも通えなくなる。とすればどっちのダメージが大きいか。

そんな風に考えるかもしれない。

それにつけても腹が立つのは、あの仲間だ。いえ、それぞれは良い人だから、問題はあの女一人だ。

リビングを出て北側のサービスルームのドアの前に行った。

声は聞こえない。かちりかちりという、何か硬いものをはめたり外したりするような音、そして息子の鼻息が聞こえてくる。

ドアを押し開けた。抵抗があった。

「あー、だめ」

息子が黄色い声を張り上げた。

「大丈夫だ、やり直しやり直し」

夫の声。

唖然(あぜん)として立ちすくんだ。

フローリングの床上に直に置かれた昼食の皿は、手も付けられていない。その脇に這いつくばって夫がいじっているのは、プラスティックレールだ。

机の上に椅子を載せ、片付いた部屋全体にプラレールが敷かれ、小さな電車が置かれている。レールの周りはジオラマになっていた。それもおとぎの国ではなく、ターミナル駅のリアルな風景だ。

息子が、鼻息だけを聞かせながら一心不乱にポイント部分の調整をしている。

ようやく気づいた。これがあの日、夫が買ってきた段ボール箱の中身だった……。

「今度はどうだ？」

大介が息子に声をかけ、スイッチを入れる。電車が走り出す。

「おおっ、やったぜ」

夫が頭上で手を叩く。もう少し勾配、あった方がいいよ」

「ちょっと待って。もう少し勾配、あった方がいいよ」

息子が冷静な声で答える。

体中の力が抜けて、声も出ない。

勝手にして。

そうつぶやいて納戸のような部屋をあとにする。

夕刻、完成した鉄道模型の写真をデジカメで撮った夫と息子が、それをパソコンで編集し始めたとき、家の電話が鳴った。

受話器を取ると金沢秀樹だった。

「あ、はい、今、代わります」といつになく冷ややかに答えていた。

「あー、いやいやいや」

金沢の声は相変わらず明るくて前向きだ。

「何でも、奥さん、僕らを招待してくれると言ってくださったそうで」

「あ、いえ、主人が……」

「今日になって吾妻から聞いたものでしてね。せっかくのご招待だったのに、残念ですよ」

ということは、夫と吾妻智子が相談して、今日まで金沢の耳には入れなかった、ということ？

「それでちょっと仲間で相談したんですが、お宅に女房子供連れでうかがうのは、いくらなんでもご迷惑だし」

「いえ、そんなこと、ないですよ」

ほら、金沢さんは変なことは考えていない……。

電話を取ったときより、一オクターブ高い声で答えていた。

「いやいやいや、十何人でどやどややられたらたまらんですよ。それでまあ、たまには、うちの女房なんかも一緒に外で一杯というのはどうかと思いまして」

「ほんとですか？」

やった！　と心の内で手を叩いている。

「ただお宅はお子さんがまだ小さいでしょう。夜はどうかなあ」

「小さいといっても、来年は中学ですから」

とはいえ、夜の十時過ぎまで一人で留守番をさせるのは心配だ。

吾妻智子の壮行会では、ママ友と子連れで出かけたが、何度も夜に連れ出すのも母親としては気が引ける。

電話の前に置かれたカレンダーに目をやった。

二週間後、息子はケーブルテレビが主催する子供サバイバルキャンプに参加することになっている。三泊四日の無人島ツアーなので家にいない。

「お子さんが泊まり？　それじゃ、その日にやりましょう。大人同士、たまにはいいじゃないですか」

「あ、はい……」

即断即決。いかにも金沢らしい。

「楽しみにしています」と自分でもびっくりするくらい弾んだ声で答え、電話を大介に代わる。

「あ、ああ。ま、決めたんならそれでいいけどさ……」

浮かない顔で受話器を握っている。不満なのだ。女房連れで集まって何が面白いんだ、とでも言わんばかり。

「え、僕が会場探し。……ああ、じゃ、適当に探しておく。……ああ、わかった」

電話を切る。

「お店、あなたが探すの？」

「ああ。女房の気に入りそうな店を探してくれ、だとさ」

面白くなさそうな顔で大介は息子のタブレットを手に取った。

ぐるなびを見ている。

「ねえ」と美佳はその手元を覗き込む。

「小石川倶楽部はどうなの？」

夫の会社のサロンで、文京区のビルの最上階にある。

社員と社員の家族しか使えないところなのだが、以前、ママ友でランチするのに、今回だけ、と釘を刺されて使わせてもらった。

一枚ガラスの窓から見下ろす庭園の緑がきれいで、シャンデリアの下、真っ白なクロスのかかった大テーブルでの食事はちょっとしたセレブ気分だ。しかもステーキコースにデザートやコーヒーがついて二千円足らずという信じられない値段だった。

「だめだめ」

夫は何か不吉な物でも払うように手を振った。

「だって、すてきな場所だし、お値段だって……」

「あのときはたまたま潮田が自分の奥さんと知人が会食するって話にして、予約してくれたんだよ」

「だから今回も……。だってみんなアテナファイリングの社員と家族だし。あの人、一人を除いて」と棘のある言い方をしていた。

「いや、あそこは本来、部長以上しか使えない施設なんだぜ。まあ、部長が一人交じればそれ以下も使っているけど」

知らなかった。

「小石川倶楽部は、本来、偉い人の会食や打ち合わせ用の施設なんだ。社員の福利厚生施設じゃない。君たちが使えたのは部長の潮田が総務に手を回してくれたからだよ。僕なんかは課長相当職だから使わせてもらえない」

「そうだったの……」

「まったく、あんたは世間というか、社会の仕組みを知らな過ぎるんだよ」

最近、妻をばかにするとき、大介は、「君」とも「美佳」とも呼ばずに「あんた」を使うので余計に腹が立つ。

大介はタブレットの画面上に忙しなく指を走らせていたかと思うと、妻に口を挟ませる間も与えず、都心のビジネスホテルにあるレストランのビュッフェを予約してしまった。それも格安。総菜中心で、焼き鳥からケーキまであるけれどローストビーフはないような、大会場の、ビュッフェと呼ぶより「食べ放題」と言った方がぴったりのところだ。そこの割引クーポンまでプリントアウトしている。金沢の「たまには大人同士で」のニュアンスなど完全無視だ。自棄(やけ)になっているとしか思えない。

「いくらなんでも落ち着かないじゃない。私たちだって、子供連れでもなければ、あんなとこ、絶対、行かないわ」

「いいんだよ、わさわさしているところの方が」

言いながらさっさとタブレットを片付ける。

「どういう意味よ、わさわさしている方がいいっていうのは？」

何も答えてくれない。

穏やかというか呑気な顔をしていても、大介は肝心のことになると頑固だ。それはわかっているけれど、今の彼にとっては昔の仲間が夫婦同伴で集まる、そのパーティー会場が、雰囲気のある素敵な場所であってはいけない、というのが肝心なことなのだ。

やはり何かある。

当日、大介と美佳は他のメンバーより少し早目に会場に着いた。

カジュアルな会場ではあっても、大介たちは職場から直行してくるからスーツ姿だろうと考え、美佳の方も半年前の同窓会のために買ったモノトーンのラップワンピースにコーチのバッグを手にしていた。

会場に入ったとたん、ずいぶんな混みように驚いた。しかも制服姿の中学生が群れており、内部は甲高い声で溢れかえっている。

あんまりじゃないの、という言葉が出かかったとき、大介に応対していた若いフロア係が怪訝な表情で首を傾げ事務室に引っ込んだかと思うと、青ざめた顔で出てきた。

「ちょっと待っててください」と尊敬語抜きで言うとどこかに消え、かわりに蝶ネクタイにダークスーツ姿の年配の男が出てきた。

「まことに申し訳ございません」と男は薄くなった頭を深々と下げた後、その日、ビュッフェ会場が修学旅行団体の貸し切りになっていたのに、間違えて大介たちの予約を入れてしまったことを告げた。

その頃になって大介の友人夫婦が次々に到着した。

男たちと吾妻智子のざっくばらんなやりとりと、互いに初対面の妻や夫の紹介。それが終わらぬうちに、蝶ネクタイの男に追い立てられるように、美佳たちはエレベーターに乗り最上階にあるダイニングバーに案内された。

ビュッフェと同料金で、こちらのコース料理を提供するということで話がついたのだった。

「おー、豪華じゃん、タナボタだねぇ、和泉君」と無遠慮に大介の肩を叩いて歓声を上げたのは、吾妻智子だった。

馴れ馴れしいのよね、と密かに眉をひそめたが、他の妻たちは、と見るとしとやかにうなずいているばかりだ。年齢からするとみんな美佳より一回りくらい上の女性たちだ。物静かなのは、まだ打ち解けていないからだろう。

店内は小石川倶楽部ほど豪華ではないが、夜景が美しい。ウェイターは先に立って歩いていくと、奥まったところにあるドアを開けた。

ローテーブルとソファが並んだ個室だ。

「参ったな」と傍らで大介がつぶやき、金沢が「儲けたね、これは」と揉み手をして笑っている。

横川は相変わらず青白い小さな顔に気弱な笑みを浮かべている。大介たちと同じホワイトカラーなのに、なぜか淡いブルーの作業着姿だ。どこかの工場に飛ばされ、着替える暇もなくやってきたのか……。隣にいる妻は夫に合わせたようにサックスブルーのカシミアセーターに紺のスカートだ。小柄な横川嗣治より背丈があるように見えるので、何気なく足下に目をやってはっとした。七センチヒールだ。四十代半ば、ひょっとすると五十に手が届きそうな女の七センチヒール。なのに無理してはいているようには見えない。ありふれたデザインだけれど、ラインが微妙に美しい。

思わず目を凝らした。歩いた拍子に見えた。靴底がゴムではなく革だ。子供を抱いて歩いても足が痛くならないと評判のヨーロッパの高級ブランド靴だ。この日のために靴だけは張り込んできたらしい。

目を細めてただ微笑(ほほえ)んでいるだけだが、横川の妻は何とも優しそうで穏やかな雰囲気の人だ。このまますぐにでも良いお祖母(ばあ)ちゃんになってしまいそうに見える。おとなしい横川嗣治と二人、慎ましく幸せな年金生活を送るんだろうなと微笑ましい気分にさせられる、似合いの夫婦だ。

慎ましいと言えば、金沢秀樹の妻も、いかにも慎ましい雰囲気だ。こちらもまたカシミアセーターにスカート、横川の妻が襞(ひだ)スカートなのに対して、金沢の妻は分量の少ないフレアだが、シルエットがそっくりなうえに、上がサックスブルー、下が紺という色までが一緒だ。しかも二人ともパールのネックレスを胸元に垂らしていた。金沢の妻の方が大粒だが、光沢からしてコットンパールらしい。横川の妻の方は貝パールだろうか。

潮田の妻だけが、ジュンコシマダと一目でわかる大きな千鳥格子のワンピースにグッチのバッグを手にしていた。服装同様、その化粧にも気合いが入っている。決して派手には見えないが、しっかり下塗りしている様がマットなファンデーションの厚塗り感からうかがえる。地味な色の口紅もこってり盛っているが、アイメークは太いアイラインを入れただけでいかにもおざなりだ。半端な巻き髪のせいもあって、同年代の三人の間ではおばさま感が際だっている。

いかにも仕事帰りをアピールするかのように大型のリュックサックに、十分丈のパンツとジャケット姿の吾妻智子一人が浮いている。その夫は、高橋(たかはし)と名乗った。それが吾妻智子の戸籍上の姓だ。

高橋は他のメンバーとは初対面だという。量販店で売っていそうな特徴のないスーツ姿なのに、頬から顎にかけて鬚(ひげ)を蓄えているのが不釣り合いな印象だ。

高橋はこの場でただ一人、名刺を持っていた。先日、海外のテロ事件で現地の社員が人質にされたことでニュースになった建設会社に勤めている。

「すみません。名刺を切らしておりまして」と潮田が頭を下げ、「仲間内なものですから」と横川も言い訳する。

先頭を切って個室に入った横川夫婦が手前に腰を下ろすと、潮田の妻が厚塗りファンデの頬をいくぶん引きつらせ、「どうぞどうぞ奥に」と右手を上げる。

「いえ、私、飲み始めると近いもので」と横川嗣治が遠慮がちに答えると、「何、その歳で前立腺？」と金沢が下品な冗談を飛ばす。

「働き過ぎ、働き過ぎ」と潮田が二人を窓を背にした一番奥の席に追いやろうとすると、潮田の妻が、「いえ、こちらの方が夜景がきれいですから」と、忙しない口調で壁側の奥に横川夫妻を座らせる。

「高橋さんたちもこちらに」と潮田の妻は高橋、吾妻智子夫妻をその隣に案内した後、夫を促し自分たちは窓を背にした奥の椅子に並んで座った。

何か冗談を飛ばしながら潮田の隣に座ろうとした金沢の腕を、清楚な雰囲気の妻がひどく慌てた様子で引くと、入口ドアに近い壁際の末席に自分の布製バッグを置いた。

「おお、幹事長席か」と金沢がうなずき、妻の隣にどさりと腰を下ろす。

ぼさっと立っていた大介が「失礼いたします」と、席順を仕切っていた潮田の妻に声をかけ、窓を背にその隣に腰を下ろす。美佳がその隣に並ぶ。

「高橋さんはサウジ駐在なども経験されたのですか」

全員が着席したところで潮田が智子の夫、高橋に尋ねた。

「はい。うちの会社はヨーロッパだの北米だのではなく、中東、中央アジアが中心です。

何しろプラントですから。ようやくオーストラリアかと思ったら、そちらも砂漠のど真ん中の、いわゆるデッドエンドって、やつで」と高橋は顎鬚を撫でる。

「テロとかあると、奥さんも心配だね」と潮田は吾妻智子に視線を向ける。さすがに夫の前なので、吾妻さんとは呼ばない。

吾妻は例によって、だはははは、と笑った。

「私が出張のときには、途中下車っていうの？　飛行機だから下車じゃないけど、乗り継ぎ便でダンナのところに寄るんだよね」と大介や横川たちに視線をやる。

「そうそう、ドバイのデザートで死に損なったとか、前に言ってたね」と大介が即座に反応した。

「食中毒か何か……」と美佳が口を開いたとたんに、座は静まり返り、一瞬後に、男たちが腹を抱えて笑ったが意味がわからなかった。

金沢が「天然ボケ、天然ボケ」と冷やかす。

「可愛い奥様ね」という潮田の妻の口調は、いくらこちらが若いといってもいかにも軽んじる雰囲気で、何だか感じが悪い。

「大介、発音、悪いよ。確かにそれじゃ砂漠には聞こえない」と横川がたしなめるように言って、初めてデザートサファリ観光だと気づいた。いつもは目立たない横川の気遣いに救われた気がした。

「いやぁ、あのときは……」と高橋が、妻と二人で出かけた砂漠観光で４ＷＤ車のエンジンが故障したエピソードを話す。男たちや吾妻が、現地の部族の話で盛り上がっているところに、潮田の妻が、他の女性たちにさっと視線をやり、「あのマディナ・ジュメイラとか、エミレーツ・モールなどは行かれました？」と吾妻に尋ねた。有名な宝石市場や巨大ショッピングモールの話題に妻たちの視線が一斉にそちらに向けられた。

「私たち庶民の行くとこじゃないですよ」と片手を振って答えた吾妻の言葉が、美佳には「私、あなたたちと違ってショッピングの趣味なんか無いのよね」と聞こえる。

次の瞬間には話題はサウジアラビアの王族の王位継承問題に移っていた。夫とその仲間はますます勝手に盛り上がり、横川の妻は相変わらずにっこり微笑んだまま沈黙し、潮田の妻は座のあちらこちらに鋭い視線を飛ばして、そのつど微笑んだり相づちを打ったりしている。なのに口を挟んだりしないのは、つまり妻たちが入っていける話題ではないからだ。

そして一番入口に近い壁際の席には、何やら薄暗い影が差している。快活で屈託のない夫とは対照的に、金沢の妻は膝に手を置き、肩をすぼめ、うつむいて座っている。ウェイターが飲み物を手に入ってくるときだけさっと動き、目の前に置かれたものを奥の座席の人に手渡しかけ、ここはそうではなく各人の左側からウェイターがサービスしてくれるのだった、と気づいたように再び肩をすぼめる。そうして話をしている人々の方をうつむいたまま見やり、静かにうなずいているだけだ。

慎ましいを通り越して暗い。デキる男で仕切り屋の金沢は、家庭では暴君なのかしら、ひょっとして隠れモラハラだったりして……。そんなことを勘ぐりながら美佳は金沢の横顔に目を凝らす。明るくて、格好いい。他の男の人たちよりずっと若々しく積極的で、有能な人、そうにしか見えない。

出て行きかけたウェイターに潮田の妻が奥の席から声をかけた。

「ミネラルウォーターか何かあります？　ソフトドリンクは？」

その視線は、正面に座っている横川の妻の前に置かれたまま手の付けられていないビアグラスに向けられていた。

「いえ、おかまいなく」と柔らかく、しかし威厳を込めた口調で横川の妻が答える。

はっとしたように金沢の妻がそちらに目をやり、とがめられたように首をすくめた。

美佳の方もビールに口を付けていないが、潮田の妻はこちらを一瞥もしない。やっぱり軽んじられている。こういう態度に出る人は、ジムにもいる。本当はこちらの若さに気後れしていたり、どうせ私はおばさんよ、とひがんでいるのだ。

ウェイターの持って来たソフトドリンクメニューを受け取った潮田の妻は、まずそれを横川の妻に回し、次に視線を合わせることもなく、美佳に手渡した。

そんな動きに気を取られた様子もなく、男たちと吾妻は、金沢が最近、勉強を始めたというトルコ語の話で盛り上がっている。

四人の妻たちは沈黙している。皇太后（こうたいごう）のような落ち着きでゆったり微笑している横川の妻、常に身構えるようにして無言で視線を座のあちらこちらに向ける潮田の妻、そしていかにも精力的で饒舌（じょうぜつ）な夫の隣で、肩をすぼめてひっそりうつむいたままの金沢の妻。美佳もまた、話の中身に入っていかれないまま、置物のように座っている。

トルコ語とアラビア語の起源がどうとか、水パイプの吸い方がどうとかいう話題から、先日、金沢がラオスで行われた国際会議に出席したという話になった。

「すごいですね、国際会議で海外出張ですか」

思い切って美佳は会話に入った。若い妻、としてだれに対しても失礼な言葉ではないそのはずが、一瞬にして空気が凍ったのを感じた。何か間違ったことを言ったのか……。

「自費よ、自費」

金沢が筋肉質な頰を緩め、豪快に笑った。

「当然、休暇も自前。そのために有休ためてるんだから」

「ACAFって言ってね、ロサンゼルスに本部を置く国際NGOがあって、金沢はずっとそこに所属してアジアの貧しい子供たちのために活動をしてるんですよ」と潮田が説明する。

「ずっとじゃない、ずっとじゃない」と金沢は人差し指を振った。

「一昨年の四月からさ」

座が静まり返る。さっぱり意味がわからない。

「やっぱり、アテナファイリングみたいな大きな会社だと、そういう社会貢献みたいな活動にも熱心だったりするんですか」

「会社は関係ない、関係ない」

短く、ひどく素っ気ない口調で大介が否定し、それ以上しゃべるなと言わんばかりに睨み付けてくる。

「そっ。実はアジアのあちこちに隠し子がいるもんでね」と言いながら金沢はまた豪快に笑ったが、他のメンバーは妻たちも含めて強ばった薄笑いを浮かべただけだ。

「ねえねえ、で、金沢君、あっちのごはんはどうだった？　やっぱりベトナムみたいにフランス料理の影響とかって、あるわけ」

美佳の言葉を遮るように、吾妻智子が大声で質問した。相変わらず厚かましく無神経な女だ。こんな調子で友達がいないから、男たちの仲間に入りたがるのだろうか。

「食べるために行ったわけじゃないからなぁ」と金沢は、傍らの妻に「あんたはどうだった？」と振る。

「あ、ご夫婦で行かれたんですか。すてきですね」

すかさず美佳は言葉を挟む。だがうれしそうな金沢に対し、その妻はちらりと視線だけこちらに向けたものの、相変わらずうつむいたまま、両手を膝に置き身を硬くしている。

「フランスパンなんか屋台にあるの？」と潮田に質問されると、金沢の妻は「はい」と答え、「屋台のは食べませんでしたが、ホテルの朝食会場のサンドイッチはおいしかったです」と夫の友人の目を見ることもなく、蚊の鳴くような声で答える。

「でもさぁ、ラオスは特に食べ物のタブーとか無いからいいじゃない。うちのが行ってたサウジなんかさぁ」と、また吾妻智子が割って入り、強引に話題を自分の方に引っ張っていく。

「まったく、こいつ、とんでもないことをやらかすんですよ」と髭面の高橋が智子を指差す。

サウジアラビアに単身赴任中の夫の元を訪れた智子が、豚肉を土産に持って来た、と言うのだ。

「どうやって入国したんですか」と横川と潮田が同時に尋ねる。

「アバヤって、あのイスラムの女の人が着る真っ黒なだぶだぶの服があるじゃないですか。ラップで包んだ豚肉を一キロ腹に巻いて、その上からアバヤを着たんですよ」

たまらず妻たちは爆笑したが、男たちはぎょっとした顔で黙りこくった。

「私なんか自腹があるからとてもだめね」と潮田の妻が自分の腹に手を当て、おっほっほ、と笑い転げる。確かにジュンコシマダのスーツには横皺が寄っている。

「私ならX線を通しても自分のお肉と区別つかないわ」と横川の妻が微笑む。

初めて彼女たちの本物の笑顔を見た。

「それで何のお料理を？」

金沢の妻が、遠慮がちに、しかし興味津々といった様子で尋ねる。

「とんかつですよ、とんかつ。決まってるじゃないですか」

「ご主人にどうしても食べさせてあげたかったんですね、すてき」

「いや、自分で食べたかったんですよ」と智子は豪快に笑う。

ようやく妻たちが打ち解けたかに見える傍らで、男たちは「おっそろしい」と身震いする。些細（ささい）なことで宗教警察に捕まって拷問された日本人商社マンはいくらでもいるだろうという話になり、そこから話題はモスクの建築様式や教派のことに移り、再び妻たちを置き去りにしたままかつての仲間同士で勝手に盛り上がる。

　これでは夫婦同伴パーティーの意味がない。

　美佳は、御高説拝聴、といった風情で、肩をすぼめている金沢の妻に小声で話しかける。

「そのセーター、すてきですね」

　典型的なガールズトークだ。初対面の女性と手っ取り早く打ち解けるには、服とアクセサリーを褒めることだ。男が口にしたらセクハラだが、女同士ならどんなに内気な相手でも乗ってくる無難な話題だ。

「え……。ありがとう。色が気に入って思わず買ってしまったんですけど、安かったんですよ」と金沢の妻は微笑した。

「今シーズン、流行（はや）ってますよね、そういう何気なく品の良いセーターと膝丈スカートの組み合わせって」

「そうなんですか。着やすいものでつい、こんなところにまで……」

「横川さんの奥さんとペアみたい」

　とたんに金沢の妻の顔が強ばった。潮田の妻が太いアイラインの目を大きく見開き、顎を引き、とがめるようにこちらを見る。

　何かまずいことを言ってしまったのか。横川の妻と金沢の妻が犬猿の仲、とも見えなかった。だいいち妻同士は互いに初対面、のはずだ。ひょっとするとそうではなく、昔、相手を取り合ったか、男同士がどちらか一人を取り合ったのか。

横川の妻だけが悠然と構えていて、にっこり笑ってこちらに顔を向けた。同時に金沢の妻が、目を伏せたまま、硬い表情で痙攣するように片手を振った。

「とんでもないです。ぜんぜん違います。私のはケーユーマートですから」と全国チェーンのスーパーマーケットの名前を言う。スーパーマーケットではあるが、ケーユーマートの前身は洋服屋で、今でも独自のブランドを持っていて衣料品は強い。

「私のは、すごく古いものなの。主人にいつも叱られるんだけど、断捨離ができない性格なのね。でも流行って繰り返すでしょう、この春からまた流行り出してくれたので、さっそく引っ張り出して着てきたのよ」

青ざめたままうつむいている金沢の妻をよそに横川の妻が軽やかな声で言う。

「流行関係なしの一生物ですよ、シャネルなんて」

潮田の妻が低い声で話題に加わった。

はっとして横川の妻のセーターに目を凝らす。

もっと早く気づくべきだった。今更、失言に気づく。横川の妻が身に着けているのは確かにシャネルだ。上下、セットアップの。ロゴはないが。

以前、田村さんが着ていたベージュのものの色違いだ。あのときブランド物に身を固めた同年代の女性を見て美佳がため息をついていたら、田村さんが耳打ちした。

「シャネルでもグッチでもいいけれど、一目でそれとわかるようなロゴの目立つものは恥ずかしいわよ」と。そのときの田村さんが着ていたのが、まさに一見、シャネルとは気づかないケーユーマートでも売っているようなセーターだった。ということは、ロングネックレスの方も貝パールではなく……。

着ているものがかぶっている。無邪気な女なら「私たちって、気が合うわね」とか、「姉妹だもんね」とか言って喜んでいる。だがある程度おしゃれに気を配っている人たちにとっては、一日が憂鬱になるような失敗だ。嫌いな女とかぶっているのは最低だが、究極悪いのは、ボスママと同じ服を着てしまった場合だ。それがもとでいじめに遭うこともあるらしい。

ブランドも価格も違う、シャネルとケーユーマート。ひょっとすると金沢の妻の「ケーユーマート」も、相手に気を遣った嘘かもしれない。そしてもう一人、潮田の妻は、田村さんの言う、まさに「一目でそれとわかるブランド服」だ。

三人ともほぼ同年齢、そして夫は仲間同士。おそらく初対面であろう妻同士の微妙な空気の中で、美佳は必死でその関係性を見極めるために目を凝らし、自分がどう振る舞ったらいいのか考える。

四人の妻たちは再び沈黙した。

無言のまま夫たちの話にうなずき微笑み続ける横川の妻、横川夫婦と吾妻の夫のグラスに目配りし、美佳と金沢の妻を敢然と無視する潮田の妻、そして横川の妻同様、微笑みながら沈黙しているが、横川の妻と対照的にひどく萎縮している金沢の妻。

デザートとコーヒーを味わった後、奇妙に静まった妻たちとともに、一行は個室を出た。

「もう一軒、行く？」と尋ねた金沢に、すかさず大介が、「いや、今日のところはこれで」と辞退する。

「いやぁ、このメンツじゃ考えられない高級なとこで、肩凝ったよ」と潮田が、自分の左肩を拳で叩く。

「失礼ね、あなた」とその妻がたしなめるように言ってちらりと見た先は、横川夫妻だ。

「次は、また、『天狗（てんぐ）』か『サイゼリヤ』だね」と横川が笑いながら応じる。

しらけた気分のまま仲間と別れ、美佳と大介は地下鉄の入口階段を下り始める。吾妻智子とその夫、高橋が一緒だ。地下鉄に乗っても智子は、があとしゃべり続けた。他愛（たわい）のない話題だが、巧みに美佳を引き込んでいく。いつの間にか自分の中で、智子への疑念が払拭（ふっしょく）されているのに気づく。この人は本当にただの友達で、仲間なのかもしれない、と信じかけた瞬間、智子は大介に目配せした。急に小声になったので、思わず聞き耳を立てた。

地下鉄の走行音にかき消されそうな声で、智子は大介にささやいた。

「金沢君の例の件、どうなった？」

「ああ、無理するなと説得した、横川や潮田からは言えないしな」

美佳が危惧したようなことではなさそうだが、相変わらず親密なのだ、と嫌な気分が戻ってくる。

途中駅で高橋と吾妻智子の夫婦が降りた後、美佳は大介に尋ねた。

「あの人、何を耳打ちしていたの？」

「君は知らないでいいことだよ」

軽くいなされてかっと頭に血が上ったが、車内で人目もある。上目遣いで睨みつけてやると、「つまらないことさ、人事がらみの」と大介はため息をついた。それからひどく冷めた口調で語り始めた。

「僕の勤め先は、新宿の電算センター。肩書きはＩＴ推進本部の室長だ」

「知ってるわよ、そんなこと」

「日本橋の本社にいたのは半年足らず。あとは事業所を回ってきた。人工衛星ってやつさ」

「わかってるって言うのに……」

「つまり傍流の課長。課長というか、課長待遇で、役員の目はない。うまくいって部長になれたら喝采だ。副社長派が業務上横領か何かで一網打尽にならないかぎり無理だな」

「くっだらない」

吐き捨てるようにつぶやいていた。

「どうだっていいじゃない、派閥がどうの、出世するのしないのなんて」

男の人って、どうしてこんなことで騒ぐのだろう、と思う。アテナファイリングは一部上場企業で、業績も悪くない。こんなご時世に寄らば大樹で、無理なローンを組んだりしなければ将来的にも心配はない。妻として格別不満はないし、ママ友の前で変な見栄を張る気もない。

「潮田は営業本部長。横川は事業部長兼務の執行役員。いずれは社長という声が高い」

しばらく意味がわからなかった。営業部長と営業本部長って、どう違うの？　それよりあの存在感の無い、小柄で青白い、礼儀正しいだけの人がいずれ社長って、どういうこと。もしかして社長のジュニアか何か？

「作業着なんか着てるから」

「北九州で開かれた防災会議に出席して、着替える間もなく飛んで来たんだよ。入社してから一度も同じ職場になったことはないが、学生時代から切れ者だった」

「あの人が……」

「冷静沈着で気配りができる。おとなしそうだがいざとなると冷酷なほどズバッと決断する。気さくに見えるが不用意な発言はしない。で、金沢だが、学部が違うから学生時代は知らないが、入社当初から八年間、異動先でも一緒だった。僕より早く主査になって、そのまま五十の今までずっと主査。ラインでいえば係長だ。首都圏の事業所を回されていたのは僕と同じだが、昨年、子会社の工場に飛ばされた。連休に入るとラインを止めるんでまとまった休暇が取れる。それに有休をくっつけてどこにでも行ける。激安航空券と星無しホテルを使ってラオスでもカンボジアでも。逆に言うと、ＮＧＯ活動でもしてないと自分の存在価値を見いだせない」

「その言い方って、ないんじゃない？」

無性に腹が立った。

「そんなことで人を値踏みするって、変だよ」

「いや、値踏みすまいとするから面倒なことになる」

「どうだっていいでしょ、部長だの、ヒラだの、役員だのって。だいいち出世したってストレス溜まって心筋梗塞や癌で早死にしたら何にもならないじゃない。偉くなって秘書や銀座のホステスと浮気されたりするくらいなら、出世なんかしなくたって家族第一の誠実な人の方がいいわ」

「そうはいかないんだよ。まず給料が頭打ちになる。子供に金がかかる歳だというのに若い者と収入が一緒だぞ。職場でも世間でも相手にされない。男の世界は厳しいんだ、女にはわからないだろうけど」

「またそうやってばかにする」

「それで万年係長待遇の金沢にヘッドハンティングの口がかかったんだ。吾妻が心配していたのはそれだ」

「何で心配するの？ 良いことじゃない」

「相手は中国企業だぜ」

「中国だからって何が悪いの？」

「高い年俸を提示して現地に呼ぶ。ほいほい乗ったやつが行ってみるとオフィスからも現場からも切り離されて、ＶＩＰ待遇だ。それで半年から一年かけて以前の勤め先の情報を絞り取れるだけ絞った後に」と右手で自分の首をかき切る仕草をする。「捨てる！」

「なに、それって？」

よくわからない。企業の内と外で何が起きているのかということも、多才で多趣味、デキる男の金沢がそんな立場に置かれているってことも。

「みんな金沢のことは好きなんだ。だから心配している。あの目立ちたがり屋のおっちょこちょいのことを、みんな、大好きなんだ」

「目立ちたがり屋のおっちょこちょい……」

仲間内でそんな風に見られていた……。いえ、男の世界では人を見る基準が女とそんなにまで違う？

「あいつ、軽率なところがあってな。たとえばだれでも見るようなSNSに日記を書き込んでいるだろ。自分のことだけ書いてる分には問題ないが、他のメンバーの顔が入っている集合写真を載せたりする。僕らのような下々が登場するのはかまわないが、立場のある横川が入っていたらまずいだろ」

以前、電話でやりとりしていたことだ。

「ヒラと役員は一緒に写真に写っちゃいけないわけ？」

「そういうことじゃない」

少し苛ついたように大介は答える。

「たとえば地震で地方の事業所が被害を受けた、あるいは火事になった。そのタイミングで蕎麦屋で昼酒やってる集合写真を他の役員や社員、他社の人間が見たらどうなる？　一事が万事だ。わかるだろう。学生時代や入社当時は、何だかんだ言っても個性ってことでみんな同じ地平に立っていた。だが四半世紀も経てば、それぞれの立ち位置も責任の重さも変わってくる」

「だってそんなの会社にいる間のことだけでしょ。プライベートなら同じ地面に立っているじゃない」

「それができりゃだれも苦労しない」

大介は首を横に振り、疲れるな、まったく、というつぶやきが聞こえてきそうなうんざりした目で、妻を一瞥した。

「そこまで無理して、気を遣って付き合う？」

「仲間なんだよ。学生時代と入社当時の二十代、一生の間で一番濃密な時間を共にした」

じゃあ、私や息子との人生は何なの、と胸元を摑んで揺すってやりたい。

「確かに君の言う通り、プライベートなら同じ地面だ。だからみんなで会ったときは会社の序列や仕事の話題は持ち込まないことにしている。それが暗黙のルールになった。ただ奥さんたちにとってはそうはいかないんだ。同じ時代を共有していないからね」

「私はそんなの気にしない」

「君は若いから……」

ためらった後に大介は続けた。

「みんな亭主の地位には敏感なんだ、というよりダンナの出世は女房次第って思っている女性も中にはいる。実際、そうした面もないことはない」

そういえば同じことを田村さんからも聞かされた。

「奥さん連中にとってはああいう集まりは存外に気骨が折れるのさ。ここはプライベートだから気楽に振る舞え、ったって、そうはいかない。無礼講でいこうと上司に言われて、本当に無礼をはたらいたら、翌朝、机が無くなっているってのと同じだ」

だから金沢の妻は肩をすぼめてうつむいたまま座り、横川の妻は嫌みな感じを与えないために、穏やかに笑っているだけで必要以上のことをしゃべらなかった。

潮田夫人が、ぴりぴりしているように見えたのは、偉い人と偉くない人の中間でデリケートな立ち位置だったから。

もしあの人たちをホームパーティーに招いていたら……。

「お手伝いします」

「いえいえ、奥様はお座りになっていてください、私が」

「とんでもない、私が」

「どうぞお取りになって」

「すみません、すみません、気がつかなくて」

三人の五十間近の女と、一人の三十代後半の女が、それぞれの立場を背負って、食卓や場合によってはシンクの前で揉み合う。考えただけで胃が痛くなる。

大学の同期、同じ寮で暮らした親友、そして同僚。たぶん互いの妻や夫よりも長く、ひょっとすると家族より親密に付き合ったかもしれない人たちの間に、出世の階段というわかりやすすぎる格差ができた。

「女はいいよな、気楽で」と大介はため息をついた。

「ぜんぜん気楽じゃなかったよ。せっかくおいしい物を食べていたのに、気持ち悪くなった。私たちのグループだったら部長とか課長とか、出世頭とか、そんな表面的なことになんかこだわらないのに」

ようは人間性の問題でしょ、と言いかけて、言葉が止まった。

日頃仲良くしているママ友やジムのおばさんたちは、男たちと違って出世の階段に沿った単純なピラミッドなんか作っていない。けれど夫の地位や暮らし向き、年齢や美的センス、住んでいる場所やときには実家の家柄、そして専業主婦と有職主婦、子供の数や通わせている学校、そして本人の人間力まで、縦横高さまである複雑な物差しで、自分と周りの人を格付けしていた。

初めて出会ったとき、相手をさりげなく観察し、素早く値踏みし、自分とどのくらい距離があるのか、無意識のうちに五感を総動員してさっと読んで、どう振る舞ったらいいのか決める。疲れるけれど、それは当たり前のこと。

それができなければ、露骨ないじめに遭うことまではなくても、何となくみんなに相手にされなくなる。そんな人はぽつりと寂しげにしていたり、逆に「私に近寄らないで」オーラを発していたりする。

だれからもいじめられない。だれとでもうまくやっていける。コミュニケーション能力には自信がある。そのつもりだったのが、夫たちの世界では通用しなかった。

「どうせいつかはみんな一緒になるんだよ」

大介はつり革にぶら下がったまま、ふうっ、とため息をついた。

「僕らもあと五、六年で役職定年だ。給与は三割減。部長も課長もただのおっさんに戻る。そのときには、もう潮田だって小石川倶楽部は使えない。奇跡が起きて役員に昇格していれば別だが。それから五年で定年退職。再雇用の週三勤務で、若いやつらの冷たい視線を背中に浴びながら、年金が出るまで会社にしがみつく。出世頭の横川だって、何年かして退任すればただのおっさんどころかただの高齢者だ。業績次第じゃ戦犯扱いになっている。

そのときに残るのは若い頃からのフラットな友達付き合いだけなのさ」

「今から老後のことなんか考えられない」

反射的にかぶりを振っている。

「君はまだ若いからね」

大介は苦笑する。

「まあ、それまでは吾妻が安全弁になってくれている」

「あの人が？」

同僚ではなく、上司や同僚の妻でもない。

美佳たちからすれば、女の基準からも外れた異邦人。だはははと笑い、があがあとしゃべる。けれど……。

あの人は確かに自分の立ち位置をわきまえていた。仲間の中心にどっかり腰掛け、あの大きな顔で男たちを見回し、空気というか、みんなの心中を読んでいた。

止めようとしてもときにわき上がる優越感、羨ましさ、ねたましさ、諦め、みたいなものが座に漂い始めると、だはははと笑い、があがあと話題に割り込み、ちゃぶ台返しを仕掛けて空気を変える。

友達でも、戦友でもない。吾妻智子はマドンナだった。

マドンナという言葉からイメージする、男たちのあこがれを誘う高嶺(たかね)の花の美女、とは、ぜんぜん違うけれど。

それでも男と女が友達になれる、なんて絶対にごまかしだと、美佳は思う。今まで、そんな経験はしてこなかったから。吾妻智子についても心を許すことはないだろう。「つまらない生き方をしてきたんだな、君は」という夫の言葉にあのとき傷つけられたからよけいに。

どちらにしても二度とあんな人たちの面倒臭い『友情』なんかに関わるものか、と思う。

乗り換え駅に着いた。

「準特急は二分後だ」

時計に目をやり、夫は小走りに階段を上り始める。のんびり屋のくせに電車を一本逃すことには耐えられない、そういう人だ。

ホームを早足で歩き、息を切らしながら隣のホームへの下りエスカレーターに乗る。

そのとき気づいた。前のステップに立った夫の頭頂部の髪が、地肌が透けて見えるほどに薄くなっていることに。

六時間四十六分

「ママ、やめて」

携帯電話の向こうで、絵里子が叫んでいる。

「ここは日本じゃないんだから。普通の人は車を使うのよ。列車なんか二、三時間遅れるのが普通なんだから。だいいち、そんなところで危ないじゃないの」

「ちっとも危なくなんかないわ、とってもきれいなところよ」

出入り口のスペイン風アーチが修道院を思わせる。ベンチもチケットカウンターも木製で温かみが感じられる。天井からは素朴な作りのシャンデリアが下がっていて、黄色っぽく柔らかな光を待合室に投げかけている。

「だから日本の駅とは違うの。なんだって志乃さんたちと別行動とるのよ」

娘の金切り声が語尾で涙混じりになって、紗智子はうろたえた。

なんだって、と問われても、未婚の娘に聞かせられるような事情ではないからだ。

泣きたいのは私の方。

ママが来ることは四ヶ月も前からわかっているのに、どうしてその日に仕事を入れなくちゃいけなかったの？　それもダラスまで出張なんて。

「ああ、もうっ。飛行機に乗るから切る。とにかく志乃さんの携帯に今すぐ電話入れて。お願いだから一人で列車に乗るなんてやめて。いい？　ここは日本じゃないのよ。志乃さんたちの車でロサンゼルスまで戻ってきて。私もあと四時間でそっちに帰れるから」

悲鳴のような声を残して電話は切れた。

大丈夫。列車が来るまであと一分。それで西海岸を南下すれば三時間あまりでロサンゼルスに着く。

紗智子は、古びたガラケーをポシェットにねじ込み、ホームに向かう。

地面と同じ高さのホームから北の方向を望む。緩やかにカーブした線路の先をいつまで見つめていても、特急列車の鼻面は現れない。

午後四時二十分。出発時刻をとうに過ぎた。長く伸びた午後の陽がまぶしい。

まさか本当に、二、三時間も遅れるの？

屋根もベンチも何もないホームから人影が消えていき、紗智子も待合室に引き揚げる。

バックパックを背負った老夫婦がナッツをつまみながら、どこか知らない国の言葉でしゃべっている。

お土産物の人形を抱えた金髪の女の子が母親の膝で眠っている。

待合室には観光の後の少し気だるい雰囲気が漂っているきり、危なそうなものなど何一つない。

濃い口髭を生やして革製のハンチングを目深にかぶっている男の人は、昨日、ワイナリーで見かけた。ちょうど収穫祭で、みんな試飲しながら音楽を聴いたり、ダンスをしたりしていた。

アメリカ西海岸のワインヤードの中にありながら、地中海風を売りにしたワイナリーで、ハンチングの人は、小型ラジカセから流れる歌に合わせてステージでグリークダンスを踊っていた。両手を開き、激しいステップを踏む踊りだ。

あのときのラジカセとバッグを手に列車を待っているところを見ると、イベント会場から会場へと流れ歩く、ギリシャ移民の芸人さんなのかもしれない。

一時間が過ぎた。

列車は来ない。アナウンスもない。不安になってガイドブックを開くが、ロサンゼルスから二百五十キロ離れたこの町のことなどどこにも書いていない。観光客、特に日本人だとわかると狙われるから、街中で日本語ガイドブックを取り出してはいけない、と絵里子からきつく言われていたが、知らない町の知らない駅でろくに英語も話せない身では、他にすがるものもない。

待合室の人たちが、ぞろぞろとホームに移動し始めた。紗智子も慌てて後を追う。重たい音を響かせて上背のある巨大な車体が近づいてきた。

反対方向、シアトル行きの列車だった。

失望して待合室に戻る。

あのハンチングの男の人だけが残っている。

再びガイドブックを開く。隅から隅まで読んでみたが、お店とレストランの紹介ばかりで、鉄道情報などどこにもない。

「遅れてるね」

突然話しかけられた。日本語だ。ハンチングの人が、向かいのベンチで笑いかけている。

「日本人？」

半信半疑で尋ねる。強烈な陽射しと乾いた風に長年さらされてきたことをうかがわせる浅黒い肌と皺深い目元。骨格の際だつ顔立ちは西洋人のものだ。

「おふくろの方が。だから日本で育ったの。ずっと立川」

知らない町で日本人の血の入った日本語を話す人と出会えた。その幸運に、急に心強い気持ちになった。

「てっきりギリシャの方かと思ったわ。ほら、グリークダンスを踊ってらしたから」

男は黒々とした髭を震わせて笑う。

「あんなのは、グリークダンスじゃない。真似事ですよ。ガキの頃から米軍基地を回ってましてね。おかげでブルースから沖縄の島唄まで、とりあえず注文があれば何でも踊れますよ。今はイベントを追いかけて東から西まで旅していますよ」

生い立ちや家庭の複雑な事情がうかがえて、紗智子は話題を変える。

「せっかくのワインヤードなのに、お仕事ではお飲みになれないでしょう」

「いえいえ、飲みます」と男はワインボトルを取り出した。中身が少し減っている。

「だから車は使えない。まあ、飲みながら列車を待ち、飲みながら帰るのもいいものです。どうせ時刻表通りに走る列車じゃない」

「娘もそう言っていました」

「そもそも時間のありあまっている人しか列車を使わないんだよ、この国は」

男は試飲用プラスティックカップをバッグから二つ取り出すと、「どうぞ」とワインを注いで渡してくれた。いえ、と断りかけ、思い直して口に含んだ。

　そう、自分も時間のありあまっている人の仲間入りをしたのだ、と思う。ふわりとした香気が口の中に広がる。たちまち頬がかっと熱くなった。

「娘さんがいるんですか」

「ええ、仕事でこちらに来て、日本に戻って来なくなってしまって……」

　大学の付属幼稚園から小、中、高と、毎日弁当を作って送り出した。学校行事にも欠かさず参加した。

　子供が学校から帰ったときにお母さんが家にいないような家庭では困ります、と入学時に学校側からきつく言われたから、勤めに出たこともない。

　そうして育てた娘はそこの付属の大学には行かず、国立大学を受験し合格した。

「ママのおかげよ、ありがとう」と、あのとき抱きついてきた絵里子と二人、涙にくれたことがつい昨日のことのように思い出される。

　日本でもトップクラスの大学を卒業した絵里子はＮＨＫに就職し、三年目に突然辞めた。

「どうしても本場で映像の勉強をしたいって言うから、泣く泣く送り出したのに。それをこんなところまでやってきて、何をしているのかと思ったら、日本のプロダクションの下働きだなんて」

思わず愚痴が出たのは、少し酔いが回ったせいかもしれない。

四十年近くも活動を続けている日本の実力派ロックバンドがシカゴでライブツアーを行うことになったそうで、その際、バンドマスターがロサンゼルス在住のアーティストをバックダンサーとして指名してきたという。そのアフリカ系アメリカ人ダンサーに連絡を取り出演交渉をするのが、絵里子の仕事だった。

活動期間が長く、国内外で揺るぎない人気を誇るそのバンドマスターには、音作りからビジュアルまで強いこだわりがあり、自分の世界観を表現してくれるアーティストを求めていた。

ところがロサンゼルスで活動しているはずのダンサーはすでに二年前にそちらのスタジオを引き払い、ダラスに引っ越していることがわかった。そこで絵里子ははるばる娘を訪ねてきた母親をロサンゼルスに置いて、急遽(きゅうきょ)そちらに飛んだのだった。

「R&Bジャズダンスといって、高度なテクニックが必要なの。彼らの新曲のグルーブ感を表現できるダンサーって、なかなかいないらしいわ」と絵里子は語った。

「何だか知らないけれど、その人がダラスに引っ越されたのなら、出演交渉なんかダラスに住んでいる人にやってもらうように、会社に頼めばいいじゃないの」と言うと、娘は、ぴしゃりとした口調で答えたものだ。

「ママ、仕事っていうのは、そういうものじゃないの」

偉そうな物言いに腹を立て、ついつい本音が口をついて出た。

「お願いだから、もう、そのロックバンドだのジャズダンスだのって、そんな芸能関係のお仕事なんか辞めて。テレビでも映像でもいいから、もっと立派な仕事をしてくれると思ったからママはアメリカまで来ることを許したのよ」と。

絵里子は反発しなかった。代わりに母親の隣にいた志乃さんに向かって、小さな冷たい声でささやいたのだ。

「この人、音楽はベートーヴェン、踊りは『白鳥の湖』以外、何も知らないから」と。

ロサンゼルスに着いた最初の晩、夜景のきれいなレストランで食事をしていたときのことだった。自分の母親のことを、「この人」と呼んだ絵里子は、翌朝、まだ暗いうちにアパートを出て、ダラスに飛んでいってしまった。

「そういう歳回り（とし）なんだよ。そうやって子供は独立していくんだよ」

ハンチングの男は皺深い目で微笑（ほほえ）んだ。

「いずれ一回りも二回りも大きくなって帰ってくるよ。かわいい子には旅をさせろってね、いやぁ、お母さん、立派。よく決断したよ。よく手放してアメリカに来させたよ」

ぽん、と肩に手を置かれたとたん、涙ぐみそうになった。

そう、決断、決断の連続だった。

せっかく幼稚園から大学の付属に入れたのに、なぜ女の子がわざわざ受験して他大学に入らなければならないの？

就職するのはかまわないがテレビなどというヤクザな世界は許さん。

進路選択のたびに娘の希望に反対する夫と義母を取りなし、不本意ながらも娘の行きたい道を歩かせた。そして最後の決断は、就職三年目で突然、ＮＨＫを退職した娘をアメリカに送り出すことだった。

結婚する気になったから会社を辞めた、と勘違いしていた夫は、アメリカ行きの話を聞いたとたんに激怒したが、そのときも必死でなだめた。

「よく離したわね。一人お嬢様なのに」

「独立心旺盛で、頼もしいわ」

「絵里子ちゃん、うちの娘たちと違ってお小さい頃から個性的でしたもの」

「向こうでお相手を見つけて、もう戻ってこないわよ」

付属幼稚園時代から仲良しで、一緒に歳を取ってきたママ友たちは、婉曲（えんきょく）な言葉で、紗智子が娘の育て方を間違ったと言わんばかりの物言いをした。

二十年以上もの付き合いになる彼女たちと距離を置くようになったのはそうした理由か

らだったが、代わりに海外生活の長かった志乃さんたちと仲良しになった。

夫が仕事で世話になっている志乃さんは、国際会議などで活躍している同時通訳者だ。以前は、その知的で華やかな雰囲気に気後れしていたが、付き合ってみるとさばさばとして気持ちが良い人だった。何よりママ友たちと違い絵里子のことを決して悪く言わず、応援してくれるのがうれしかった。

夫の仕事関係の人々や、自宅を設計してくれた建築家、義父母の主治医の先生方、そうした人々とつとめて親しく付き合うようにしてみると、今までと少し違った世界が見えてきた。

仕事が忙しくて休暇を取れない夫を日本に残して、娘に会いにアメリカに来ることになったとき、心細くなった紗智子はそうした新しい友達を誘った。

「いいわよ、付き合う。一緒に行きましょう」とホームパーティーの場で、志乃さんは紗智子の肩を抱いて、いとも無造作に答えた。

「とんでもない」と夫が慌てて割って入った。

「みんな仕事を持ってて忙しいんだ。自分の都合で友達を巻き込むものじゃない。君みたいに家で呑気（のんき）にしてるわけじゃないんだから」

「家で呑気に」というのは、夫の口癖だ。体調が悪いことに気づいてもらえず、「遅い」

と一喝されることもある。「おまえに世間のことはわからない」と話し相手にもなってもらえない。けれど絵里子にとっては大切なパパだ。

「仕事を持っていたって旅行くらい行けますよ」

そのとき志乃さんが毅然とした口調で夫に言ってくれた。

「西海岸なら日本から近いし、前からサンタバーバラのワインヤードに足を延ばしてみたいと思っていたの」

「そちら方面なら、僕もぜひ。サンタバーバラからちょっと行ったところにあるソルバングの町を見てみたいので」と義母の主治医の松沢先生も乗った。

同年代で、語学堪能、知的でおしゃれで頼りになる友達二人。絵里子も彼らを尊敬している。最高の旅になるはずだった。

「食うに困らぬ上流階級のワインツアーか、羨ましい限りだねえ」

話を聞いていたハンチングの男は失笑した。紗智子はむっとして黙りこくる。

ロサンゼルスから絵里子と松沢先生が交代で車を運転し、四人でサンタバーバラと周辺のワイナリーと小さな町を回る予定だった。ところが絵里子の出張が入ったために、志乃さん、松沢先生との三人旅になった。

ドライブの間中、志乃さんと松沢先生は、楽しい話で落胆している紗智子の気持ちを引き立ててくれた。

「大人同士のいい関係だね」

今度は皮肉ではなく、ハンチングの男は心底羨ましそうに言った。

「ええ、本当に大人のいい関係だったのよ」

絵里子の車を借りて、ロサンゼルスからサンタバーバラを通り越しソルバングの町へと、金色の光の弾ける葡萄畑の中の道を走り、いくつかのワイナリーを巡った後は、試飲ですっかり出来上がった松沢先生の代わりに志乃さんが運転し、夕刻になって、ワインヤードの真ん中のホテルに辿り着いた。広々とした中庭に花々が咲き乱れ、噴水から流れる水がきれいなせせらぎを作るコロニアル風のホテルだった。

英語の堪能な二人にチェックインを任せ、鍵を受け取った紗智子は戸惑った。

一緒に来るはずだった絵里子がいないので、紗智子は当然、志乃さんと同室になるつもりだったのだが、志乃さんは自分用に一部屋を取ったのだ。

「寝るときは別々の方がお互い疲れないでしょう」と言われてみれば確かにその通りで、この人は本当に大人の女なのだ、と感心したりもした。

その先を話してもいないのに、ハンチングの男は小さく吹き出した。

察しが良すぎる。

ホテル近くのダイナーで、松沢先生が選んだハイライナー・ピノノワールを飲みながら食べたロースト鴨肉は絶品だった。

気分良くそれぞれの部屋に引き揚げたその日の深夜、眠れぬまま葡萄畑を見下ろすバルコニーに出た紗智子は、一階下の部屋のバルコニーで、ワイングラスを片手にバスローブ姿で抱き合い、激しくキスを交わす男女の姿を見た。

外国映画の一場面のようなすてきな光景だった。赤の他人なら。

それが尊敬する友達、それも五十間近の既婚の二人だったから、紗智子は衝撃を受け、声もなく、ふらふらと部屋に引っ込み、ぴしゃりとガラス戸を閉めた。

彼らよりいくつも年上ではあったが、紗智子には松沢先生の部屋に電話をかけて二人を非難する度胸もなければ、志乃さんをこっそり自分の部屋に呼んで「みっともない真似はおやめなさい」と忠告する度量もない。ただただ呆れ、裏切られた思いで、だだっ広い部屋の清潔なベッドに腰掛け、英語ばかりで意味のわからないテレビ画面をみつめて、うなだれていた。

翌朝、ブーゲンビリアの咲き乱れる中庭で素知らぬ顔で三人は食卓を囲んでいた。

自分の所作がどうにもぎくしゃくしていることを紗智子は意識していた。オムレツを食べ損なってナプキンの上にこぼし、フルーツフォークを芝生の上に落とした。

「旅の疲れが出たのね、大丈夫？」

志乃さんが優しい口調で尋ねた。

「あまり無理せず、今日はゆっくり出発しましょう」と松沢先生が取り澄ました顔で、ナプキンで口元をぬぐった。

あなたたちよく平然としてそういうことを言えますね、などという切り返しが紗智子にできるはずもない。

こちらの方が恥ずかしくて、どんな顔をしたらいいかわからなかった。

もちろんこれから丸一日、一緒の車で観光してロサンゼルスに戻る気まずさにも耐えられない。

途方に暮れていたそのとき、サンタバーバラまで出ればロサンゼルス行きの列車があることを思い出した。

一人で列車で帰る、と告げると、志乃さんは不思議そうに眉をひそめ「どうしたの？」と尋ねてきた。「不愉快だから」とは答えられなかった。

「娘が一日早くダラスから戻ってくるかもしれないの」という言葉は嘘(うそ)ではなかった。

今朝、起きてみると、絵里子から、ダラスまで来たものの探していたアフリカ系アメリカ人ダンサーは、薬物依存のためステージに立てる状態ではなくなっていた、と電話があった。

大急ぎで代役を探さなければならないが、要求されたR&Bジャズのダンスパフォーマンスを行えるアーティストは少ない。取りあえずこの日の午後いっぱいそちらのアーティストの関係者を訪ね歩き代役を探してみるが、見つからなかったら諦めてロサンゼルスに戻るという。

「ご一緒できないのは残念だけど、でも、お嬢さんと一緒に過ごせる時間が増えてよかったわ」

志乃さんはそう言い、傍らの松沢先生を見上げた。視線が絡み、情事の気だるい余韻が朝の陽射しの中に揺らぎ立った。

二人が車でサンタバーバラまで送ってくれると言うのを断り、紗智子は知っている英単語を並べて一人で路線バスを乗り継ぎ、何とか駅まで辿り着いたのだった。

「二人とも旅先なもので、ついついロマンティックな気分になってしまったのね。ワインも入っていたし。でもいい歳をしてあまりにも無分別なので、私……」

ハンチングの男相手におもわず愚痴をこぼしていた。

「ついつい、なものか」

男は冷ややかに笑った。

「最初からデキていたんだよ。お互い家庭があれば、簡単に浮気旅行なんてできない。仕事に託けれ(かこつ)ば必ずどこかでバレる。知り合いの奥さんと娘を巻き込めば安全だ。あんた、いいダシにされたんだよ」

むっとする物言いだが、確かにホームパーティーの最中、軽く目配せして二人が部屋から消えたことがあった。少々エロティックな冗談を交わしているのも耳にした。洗練されすぎた二人のことで、男女の機微などもとよりうとい紗智子にはそんな生臭いものが隠されているとは気づかなかった。

つくづく人間がわからなくなってきた。

いくら仕事とはいえ、母親が日本からはるばる会いに来る日に出張を入れる娘、友達を利用して不倫旅行を企てる男女。本当の家族って、友達って、何なのだろうと思う。

陽はすでに落ち、吹き抜ける風が冷たい。

カーディガンに袖を通そうとすると、男はさっと手を伸ばして着せかけてくれた。それだけのことに心が熱く震えた。

「ありがとう。こんなことしてもらったの初めて」

人間って、案外、あっけなく恋に落ちてしまうものかもしれない、という気もする。

「死んだお袋に仕込まれたんだ。親父(おやじ)がそういう男だったらしい」

「アメリカ兵？」

「写真でしか知らないがいい男で、俺が生まれる前にベトナムで死んだと聞いた。それで八年前、日本でいろいろあったときに、墓参りでもしようかと思ってこっちに来てみたんだ。そうしたら何のことはない、親父は生きていた。生きていて家庭があったんだ。砂漠の中をバスで半日も走って、ようやく辿り着いた。少し遠慮しながらドアを叩くと、老いたカウボーイって風情の不機嫌なじいさんが出てきたね」

「再会できたのね」

「ああ、玄関先で追い払われた」

紗智子は言葉もなく彫りの深い男の顔を見つめた。

「恨む気も起きなかったさ。親父はこんなとこで生まれ育って生きてきたんだ、と何か切なくなった。埃っぽいテキサスのド田舎だ。寒くて、暑くて、人種差別もきつい。なのになぜか懐かしい。俺のルーツはここか、と思った。親父はこんなところで生まれ育って、日本にやってきてお袋と出会った。そして俺が腹にいる間に、ベトナムに行った。親父の顔も知らなければ、立川以外の町を知らない俺でも、テキサスの田舎町にあった何かが、染みついているんだ。それも親父のような生粋の白人じゃない。ダンサーとしてやってきて、頼まれれば何でも踊るが、体の底にあるのは結局、ブルースだ。だから翌年、日本からこっちに来てテキサスのど真ん中、ウェーコっていう町に住んだのさ。そこも少し前に引き払って、今は、あちこち旅をしながら暮らしている。親父？　それ以来、会ってないさ」

紗智子の境遇からはあまりにもかけ離れていてよくわからない。だが切なさは伝わってきた。しみじみため息をつき、飲みかけのワインを一息に飲んだ。

永遠に来ないかと思われる列車を待つ人々は、もはやホームの方をうかがうこともしない。諦めたようにゲームに興じたり、ペーパーバックを読んだりしている。

ハンチングの男はラジカセのスイッチを入れた。

先ほどワインヤードで聴いたギリシャ歌謡が流れ出す。それをすぐに先送りした。

不意に懐かしさに胸が詰まった。大学一年生のときに恋人に連れていかれた「フラッシュダンス」のサウンドトラックだ。たった数回のデートで自然消滅してしまった恋だった。

あの時代、日本中が熱狂したディスコミュージックは、今聴くと、なんと叙情的に響くのだろう。

ハンチングの男は座ったまま体を左右に揺すってリズムを取っていたが、やがて腰を浮かせて踊り出した。ジェニファー・ビールスのあのダンスではない。粘り着くような強靭なボディの動き、決して跳ねることなくしっかり足で地面を捉えたままの、めまぐるしいステップ。

ミュージカルやテレビでアイドルたちの背後で踊っているダンサーのそれとは何かが違う。

ストリートダンスに似ているがストリートダンスでもない。

踊りが大きい。体の動きが大きいのではなく、ダンスの世界が大きい。

片手をついて旋回し、次の瞬間、ひょいっと反ったと思うと、目にもとまらぬ速さでバックスピンした。わずかなふらつきもなく、ぴたりと体を止める。

素早く手が差し出された。

「え、踊るの、だめ。私」

「フラッシュダンス」は見に行ったが、ディスコには行ったことがない。ディスコダンスもジャズダンスも知らない。もちろん踊ったことはない。興味もなかった。

「いったい何を考えて生きてるのかなぁ、この人」と学生時代につきあった男は、紗智子に面と向かって言うと首をひねり、それきりになった。

卒業間際に知り合いから今の夫を紹介されたときには、彼のことなど思い出しもしなくなっていたけれど。

「簡単だよ、ほら」

男は紗智子の片手を取って立たせる。

ベンチの前で、膝を曲げて伸ばして、ダウン、ダウン、アップ、アップ……。

「そう、それでいいよ。うまいじゃない、その調子。次、ステップ」

右、右、交差、左、左、交差、ターン。

「あれ、ちゃんと俺に付けてくる、あんた、踊れるんじゃないか」

こんなのは簡単……。もっと難しいステップだって。

「じゃ、ボディを付けるよ、ダウン、ダウン、みぞおちあたりを締めて、こんな感じ」

嫌よ、ゴリラじゃないんだから。

代わりに広げた両手の肘を押し出すようにして大きくプッシュ。

「俺が言ってるのと違うんだな。違うけど、きれいだよ。いや、冗談じゃなくて」

当たり前よ、私は……。

やめておこう。もう二十年以上も昔のことなのだから。

ターン、屈み込み、高く飛ぶ。再びステップ。

「あんた、プロ？　何かダンスやってた？　体の軸、ブレないし」

「いえ」

ターンしながら紗智子は自嘲的に答える。

「どうせ、ベートーヴェンと『白鳥の湖』以外知らないヒトだから」

ヴァイオリンとバレエは幼い頃からレッスンに通わされた。ヴァイオリンは高校を卒業したときで終わり、バレエは好きでずっと続けたかったけれど、結婚を機にやめた。女の人生は、そんな風にして節目ごとに、作り替えられていく。

幼い娘がジャズダンスに憧れて習いたがったときがあって、一緒にスタジオに通った。ヒップホップ系のインストラクターから「伸び上がるな!」「屈め」と紗智子に向けて容赦ない声が飛ぶようになり、嫌になってやめた。後は娘の送り迎えだけになった。

それでも体は、二十年あまりも封印されていた動きの一つ一つを覚えている。

息が弾むのは歳のせい。両手を広げてターン。前、後ろ、交差。彼の次の動きも読める。

私たち、案外、息のあったペアかもしれない……。

一曲終わり。気がついたら観客に取り巻かれていた。彼の頭から落ちたハンチングにだれかが一ドル札を入れていった。小銭も投げ込まれる。

「あとでこれでビール飲もう」

「すてき」

音楽が変わった。微熱を帯びたゴスペル風のボーカル。複雑なリズムだが十分に体は付いていく。

彼の踊りが熱を帯びてくる。

何かが取り憑いたような、静かだが激しい心情が伝わってくる。

圧倒されたまま、ただその動きを真似た。

右、右、前、交差、左、左、後ろ、ターン。

ゆっくりしたリズムなのに、汗が流れ、飛び散る。

不意に男が動きを止めた。紗智子のポシェットを指差す。携帯電話が小さな電子音を立てていた。

「ママ、着いたよ。今、どこ？」

受話口から絵里子の声が聞こえた。

着いた？

気がつけば、もう四時間が経っている。

「ママ、どうしたの？」

絵里子の声が裏返った。

「すごい、息が荒い。平気？」

「ああ。ダンスしていたの」

「ダンスって、ママが？　どうしてそんなに苦しそうに」

「ジャズみたいな黒人音楽っぽい感じ。今、誘われて一緒に」

「ママがジャズダンス？　もしかしてストリートダンス？　アメリカ人と一緒に？　なんで？」

「日本人がいたの。サンタバーバラの駅に。立川出身ですって。ハンサムな中年よ」

声をひそめて「ハーフなの。小さい頃からアメリカ軍基地で歌って踊っていたんですって」と付け加える。

「米軍基地？　立川出身の人？」

娘の声色が変わった。

「ママ、その人、ひょっとして日本から来たダンサーで、八年前まで福生でダンスユニットを主宰してた人じゃない？」

機関銃のような早口だ。

「福生だかダンスユニットだか知らないけど、八年前にこっちに来られたそうよ」

「名前、何？　その人」

「知らない」

お互いに自己紹介などしていない。

「すぐ聞いて」

親に向かって命令してくる。

ハンチングの男の方に向き直り、紗智子は「あの、私、石橋と申しますけど、失礼ですが」と遠慮がちに相手の名前を尋ねる。

「あ、俺？　中村。それより」と彼は北の方向を指差す。灯りが一つ、闇を射るようにゆっくり近づいてくる。四時間遅れで、ようやく列車が到着した。

ホームに向かって人が流れ始める。男はすばやく紗智子の荷物を持ってくれた。自分の大きなバッグとラジカセの他に、当たり前のように紗智子の荷物を。胸が高鳴る。カーディガンを着せかけてもらうことも、荷物を持ってもらうことも、絶えてなかった。

「中村さんとおっしゃるんですって」

ハンチングの男の後を追いながら、絵里子の電話に答える。

「『おっしゃる』はいいから、中村何さんなのよ？」

苛ついた口調で娘は叫ぶ。

「中村さん、フルネーム教えてくださる？」とその背中に呼びかける。

「タカマサ」

「ママ」と甲高い声が鼓膜を直撃した。

「タカマサ？　タカマサ・ロドリゲスよね」

「いえ、中村タカマサさんだそうよ」

「だから、そう。ダンスユニットのタカマサでしょ?」

「とにかくもう列車に乗るから」

「待って。R&Bジャズのタカマサかどうか聞いて」

「すみません、中村さん、R&Bのタカマサさんですか、って」

意味がわからないまま尋ねる。

「ああ、まあ、そうだけど」と苦笑が返ってくる。

「そのR&Bだそうよ」と娘に伝える。

「電話代わって」

再び命令口調で言われて、紗智子は視線を上げる。

「あら、先に行っちゃった」

「捕まえて」

悲鳴のような声が聞こえた。

「ママ、その人、絶対離さないで。絶対、途中駅で降ろさないで。私、ロサンゼルス・ユニオン駅のホームで待ってる」

「そんなあちらだって、ご都合があるんだから」

「『ご都合』なんかどうでもいいの。ヤク中のダンサーの代わりにR&Bジャズのグルーブ感を出せるの、たぶん、その人しかいない。ママ、絶対に、その人をロサンゼルスまで連れてきて」

見上げるような巨大な車体が、ホームの灯りに照らされ、ゆっくり入ってきて、やがてきしみながら停まる。

荷物を持って先にステップを上ったタカマサは、すぐさま片手を空けて王子様のように紗智子に手を差し延べる。軽々と紗智子の体は客車に引き上げられる。

息を弾ませて見つめ合った瞬間、もう一方の手に握りしめていた携帯電話が滑り落ちた。ステップの上をバウンドし、あっという間にホームに落ち、ドアが閉まった。その直前に、「ママ」という甲高い声が聞こえたような気がする。

「ああ、やっちゃった」とタカマサが遠ざかっていくホームを見やる。

「いいの、いいの。どうせ娘がホームまで迎えに来てくれることになっているから」

紗智子は男の手を握りしめたまま答える。

何がどうなっているのか、さっぱりわからないけれど、自分はこの人を離してはいけないらしい。

ロサンゼルス・ユニオン駅まで、あと二時間四十六分。

夜の森の騎士

桐の和洋箪笥、ドレッサー、衣装箱に収められた下がり藤五つ紋の留め袖と喪服……。

2LDKのマンションによくこれだけの荷物が入ったものだ、と近所の主婦たちも呆れていたことだろう。すべてが四トントラックに収まった後の部屋には東の窓から午前中の光が晴れやかに差し込み、広々としたフローリングの床にソファやパソコン用のローテーブルがぽつりと置かれ、いかにもこのマンションにふさわしい、都会的な若夫婦の住まいに戻った。

ベランダから見下ろす主婦たちの視線を避けるように、亜希子はほんの少し前まで夫であった人の運転するビスタの助手席に乗り込んだ。

慰謝料無し、財産分与はわずか。円満離婚だった。

妻は両親への負い目から解放され、夫は家庭生活を晴れてやり直すチャンスを得、妻の母親は凄まじいまでの喪失感から十三年ぶりに救済された。

当初、結婚に反対していた母は、娘を引き止めるのを諦めた後、マンションにどうやってそんなにたくさんの家具を入れるのだという、娘婿やその両親の言葉には耳を貸さず、大舘(おおだて)家にふさわしい嫁入り道具を揃(そろ)えた。

家具に埋もれるようにして、夫婦が共に過ごしたのは、十三年の結婚生活のうち、夫の単身赴任期間を除いての四年足らずだっただろうか。

名古屋、大阪、バンコク、そして新潟。夫の転勤先に妻の亜希子がついていったことはついになかった。世間体を気にする父はともかくとして、母の方は娘が遠くに行くことを強硬に拒み、一人娘の亜希子も、反対を押し切って家を出たうえに、夫について実家から遠く離れた地方都市やましてや海外に住む勇気はなかった。いずれ子供が生まれることを思えば、もともと人見知りする性格でもあり、母のいないところで一人で子育てする自信もなかった。

幸いというべきか、そうした夫婦の必然というべきか、子供はできなかった。

孫をこの手に抱きたいという切実な願いを叶(かな)えられないまま、父は七十歳でこの世を去り、旧家のだだっ広い屋敷には母が一人残された。

父やその両親、親類を嫌って娘一人に執着した母は、不思議なことに義父母に続き、父にまで去られてみると、ひどくふさぎ込み、嫁いだ娘にさかんに淋(さび)しさを訴えるようになった。

結婚当初から車で四十分ほどの実家に頻繁に通い、父が亡くなってからは夜間にも母に付き添いほとんど実家で暮らすようになった妻に、単身赴任先の新潟から戻ってきた夫は、穏やかに提案した。

「これ以上、形式的に夫婦でいてもしかたないし、別れてやり直した方がお互いに良いんじゃないかな」

格別の言い争いもなければ、互いを無視する冷たさもない。離れてはいても平穏無事に送ってきた十三年の夫婦の生活の中で、突然切り出された離婚の提案だったが、亜希子にもそれが道理であることは理解できた。

ひょっとすると、幾度も繰り返された単身赴任生活の中で、夫には親しくなった女がいるのかもしれないが、そんなのはいやだ、と言える立場ではない。淋しさ、悲しさを感じないことはなかったが、すべての原因が自分にあることは承知していた。

夫が言う通り、夫婦が別れることによって、夫が、妻が、実母が、おそらくは夫の両親もが、だれもが今より幸せになれる。

虚(むな)しくも明るい諦念とともに、亜希子は書類に判を押した。

実家に着くと、椿や五葉松(ごようまつ)や孟宗竹(もうそうちく)などの生い茂る庭の前には、すでに四トントラックが到着していた。

「本当に手伝わないでいいの？」

夫が尋ねた。思いやり深い口調に、涙ぐみそうになった。

「ありがとう、大丈夫。引越センターの人が全部やってくれることになってるから」

「了解」

片手を上げると、軽快なエンジンの音とともに、亜希子を乗せてきた夫のビスタは走り去っていった。

庭の木々は前日に職人が入って刈り込まれていたが、やはり玄関までの小道は張りだした松や楓（かえで）の枝で陽射しが遮られ薄暗かった。

かつて近所の子供たちが集まり、祖母や伯母（おば）から書を習っていた玄関脇の和室はしんと静まり返っていた。

障子越しの淡い光の中から、母は現れた。陽炎（かげろう）か何かが揺らぎ立ったように見えた。

「遅かったじゃないの、あの人は帰ったんでしょう？」

これ以上ないほどの歓喜の表情を浮かべて、母は十三年ぶりに晴れて大舘家の者として戻ってきた娘を迎えてくれた。かつての娘婿のことを、あいもかわらず「あの人」と呼びながら。

彼岸を前に、だだっ広い台所で精進ちらしのためのかんぴょうを刻んでいた母が、ふらつきながら布団の中に戻って行くのが見えた。

「すぐに病院に連れていってちょうだい」

甲高い声が命じる。

この家に戻ってきて、使用人も祖父母も父もいなくなった広い屋敷に、母娘二人でひっそり暮らし始めて六年ほど経っていた。

医者嫌いの母が、自分から「病院に連れていって」と訴える日々が、季節の変わり目になるとやってくる。

染井吉野が散り八重桜の蕾が膨らみかけた頃、ひぐらしの声とともに夕刻に涼風が吹き始める頃、穏やかで美しい季節の到来が、母の心身に憂鬱な風を送り込んでくるようだ。

嵐の海を思わせる轟音の耳鳴り、小さく萎縮した子宮がさらに硬くしこって始まる下腹部痛、心臓発作に違いないと本人が確信している胸苦しさ。

受診し、検査をしても異常はみつからない。幻の症状の数々は、不定愁訴と一括りにするには激しい。何の病変もないことを認識しながらも、ときには救急車を呼ぶ。

薄闇の中で単調な音を立てて時を刻んでいた柱時計が、夕方の五時を告げる。

かかりつけの病院の受付はすでに終わっているが、放っておけば母の自覚症状はさらに強く、激しいものとなり、絶え間ない悲鳴と、苦しむ母を医者にも診せない冷酷な娘への呪詛の言葉を一晩中、聞かされるだろう。

とても車になど乗れないから救急車を呼んでほしいと訴える母をなだめすかし、亜希子は母を車に乗せ、この日に夜間の救急患者を受け入れている地域の拠点病院へと向かう。

「お金は持ったわね、保険証、忘れてないでしょうね」

病院に着くまでの二十分間、母は苦痛を訴えながら気丈な態度で同じ言葉を繰り返す。

繁華街から離れた高台にある総合病院の待合室は、悪い風邪が流行り始めていることもあり、ひどく混んでいた。自分は救急患者なのに、他の患者と一緒に待たせて、と大声で不満を漏らす母をなだめ、熱で真っ赤な顔をした幼な子を抱いた母親や、腹を押さえた若い男の非難の視線に耐えながらじっと順番を待つ。

診療室に入ると、看護師が母の血圧を測りながら、平静な口調で亜希子に尋ねた。

「認知症、ありますか？」

「はい」

離婚直後からうすうす感じてはいた。確信したのは四年前、「早くお婿さんに来てくれる人を探さないと。今度こそ孫を抱けるようにね」という言葉を聞いたときだった。

その前年に体調不良のため婦人科を受診した亜希子は、子宮筋腫と診断され、子宮とやはり病変のあった片方の卵巣を摘出した。

これで永遠に孫を抱くことはできない、と母は手術後に見舞いに訪れた折、寝ている亜希子の胸元に突っ伏して号泣した。

半年も経たないうちに、娘にすでに子宮など無いことを忘れ、母は頻繁に「今度こそ孫を抱けるように」という言葉を口にするようになった。そして自分は病気で子宮を全摘したからもう子供は産めない、と亜希子が説明するたびに、唖然とした顔をして、泣き崩れる。

半年前に母に内科と偽って受診させた精神科の医師は、脳の断層写真を指さし、すこぶる軽い口調で告げた。

「歳相応の萎縮ですね、このあたり隙間が空いて水が溜まっています」

親の認知症は子供には受け入れがたい。治す手段はあるはずだ、進行を防ぐ手立てはあるはずだ、という期待と幻想を抱く。あちらの精神科で画期的な薬物療法を行ってたくさんの患者が回復している、こちらの理学療法士が優れた運動療法で症状を改善させた、あるいはどこかの整体院で血行を改善する鍼治療で、元通りの知的レベルを取り戻した……。

医療保険のきかない都心のクリニックから、地方都市のメディカルコンプレックスまで、亜希子は母を連れて訪ね歩いた。

どこも、母には合わなかった。認知症の自覚症状が無いのか、たとえあったにせよ、そんなことは認めたくはないのか。

進行を遅らせるためのデイサービスはもちろん、ヘルパー、ケアマネージャー、相談員、介護福祉士といった人々のすべてを母は受け入れない。

大姑(おおじゅうとめ)小姑(こじゅうとめ)、隣近所の主婦たち、大舘家に先代のときからいた家政婦たちにさえ、さんざん気を遣って生きてきた。これ以上、他人の顔色を見るのはたくさんだ、というのが口癖だった。

そうして娘以外のだれもいない平和で居心地の良い屋敷の中で、母は正気を失っていった。歳相応に萎縮した脳がもたらす認知症を物狂いとは呼べないが、性やときに金銭や暴力にまつわるあまりに鮮やかで破壊的な妄想のために、金泥(こんでい)を流したような目をして叫び、暴れる姿は、それまで亜希子が漠然とイメージしていた、ぼんやりした様子の、ときに子供に返って無邪気な笑みを見せる、「認知症のお婆(ばあ)ちゃん」とはあまりにかけ離れている。

かかりつけの病院の医師に、閉鎖型精神病棟に入院させる他はない、と宣告された後も、一見したところは知能の低下など少しも感じさせず、毅然(きぜん)たる態度で旧家の奥様であり賢母であり続ける母をそうしたところに入院させる決断が下せないまま、月日だけが流れていった。

しかしこの日、母を診た内科医は、その様子からただの不定愁訴とは異なるものを感じ取ったらしく、すぐに患者を脳外科に回した。

「ちょっと写真、撮ってみましょう」

若い脳外科医が物静かな声で指示した。

「私、このまま死ぬんじゃないでしょうね」と執拗（しつよう）に尋ねる母の手を引き、看護師の案内もなくレントゲン室前の薄暗い廊下に行き、そこに置かれたベンチに腰を下ろすと、かつてないほどの閉塞感に押しつぶされそうになった。

「大舘さん」

背後から呼ばれた。

「はい」と返事をして振り返る。立ち襟の白衣姿の男が立っている。

目の下に濃く隈（くま）を刻んだ、青黒い顔色の陰気な感じの中年男だった。

やめて、ととっさに心の内で叫んでいた。

今のところ、母の中の男性嫌悪はさきほどの脳外科医には向いていない。しかし青白い蛍光灯の光に照らされて立っている診療放射線技師の容貌は、母の禍々（まがまが）しい妄想をかきたてるに十分な、脂っぽくどす黒い男臭さに満ちていた。

案の定、支えていた母の体が一瞬のうちに強ばった。

母は、女も嫌いだが、それとは比較にならないくらい男が嫌いだった。嫌いというより、性と暴力のにおいをまといつけた恐ろしい存在であるらしい。

漢方薬を処方することで有名な精神科医については、「いやらしい目で私を見て、夫や性生活について質問した」という妄想に捉われた。

勉強熱心な若い整体師の施術を受けた後には、「二度とあそこに連れていかないで」と娘に訴えた。「私の下穿きを脱がせて、覗き込んだり触ったりした」と言う。

ある病院の理学療法士は、母が命じられた運動を嫌がったとたんに押さえつけ、殴ったり蹴ったりし、相談に乗ってくれたソーシャルワーカーの若い男性については、母の言葉を鼻先でせせら笑った……。失われた記憶の中で再構成された物語は、どれも恐怖と悪意に満ちていた。

父との関係もさほど良くはなかったが、少なくとも父は暴力には無縁の人であったし、母が結婚前に問題のある男と付き合っていたという話も聞いたことはない。それどころか当時、後妻歳と言われた二十八歳まで、母の人生に特定の男が登場したことはなかった。

格別着飾ることがなくても瓜実顔がどことなく高貴な、容貌に恵まれた若い頃の母に思いを寄せる男は少なくなかったらしいが、親類の者の話によると、そうした男のだれをも、母は「嫌らしい」「不潔だ」と遠ざけ、軽蔑の感情を露(あら)わにしたらしい。かといって同性の友達がいるわけでもない。女同士が群れて黄色い声でおしゃべりに興じること、近所の主婦たちが道ばたや商店の前で延々と立ち話をしていることを、母は嫌うというより、不道徳なことと捉えていた。

もともとそうした極端に潔癖で禁欲的なところがあったから、田舎町の旧家に特有の、陰気くさいしきたりの数々や、吝嗇(りんしょく)と紙一重の堅実さに母はよく耐えたのかもしれない。

「大舘芙実子(ふみこ)さんですね」

放射線技師はカルテを確認する。

「はい」

技師の視線は返事をした亜希子にではなく、まっすぐに母に向けられていた。

母の目が見開かれ、入れ歯の入っていない口元が緊張にすぼまり、陥没した頬に恐怖とも敵意ともつかない表情が走る。

せめて、と思った。女でなくてもいい、せめて他の理学療法士や介護福祉士のように、「はーい、大舘さんですね、大丈夫ですよ、ちょっと音がするだけですからね」と笑みを浮かべて柔らかく語りかけてくれたなら良いのに。これでは準備室にさえ入ってくれない。

中年の技師の顔には笑みのかけらもない。

「あの……」

母について伝えようとしたが、技師は亜希子の方を一瞥もしない。

拒否ではなく、拒絶の意志をくっきり刻み、母は唇を引き結んで技師から顔を背けている。

「わたくしと一緒に行きましょう」

そのとき技師はすらりと手を差し延べた。

亜希子の脇にぴたりと張り付き、しがみついている母の腕と亜希子の体の隙間に、浅黒い男の手が抵抗もなく割り込んできた。

息を呑んで亜希子は後ずさる。すこぶるたやすく、母は切り離された。

「さ、わたくしと一緒に行きましょう」

男は繰り返す。物静かで決然たる声色だった。母は半ば口を開いて男を見上げている。呆然としている母の腕を、男は取る。高齢者や病人を支える介護士のやり方ではない。ぞっとするほど洗練された男の所作だ。ホストやジゴロの手慣れて崩れたエスコートではない。若い頃、映画で見た、姫君を大広間から廊下に導き、そのまま森へと連れ出す騎士の姿だった。背筋を伸ばし、男は母の腕を取り歩いていく。有無を言わせぬ立ち居振る舞いのどこにも暴力のにおいがない。

はっ、と我に返った。母の白髪頭を留めたピンや衣類の留め具などを点検しなければならない。

慌てて追いかける。だが金属類は身に帯びておらず、そのまま技師と母の後を追いレントゲン室に入った。とにかく直前までそばにいて、母の恐怖心を取り除いてやらなければならない。

中央にMRI装置があった。薄緑の壁や床の中央に、トンネル型の機械が置かれ、その入口から細いベッドが延びている。

初めて見る物や一人でいることに強い不安を覚える母にはとても耐えられない。

「ではここに腰掛けましょう」

技師はこちらに背を向けたまま、母を抱き下ろすようにして、ベッドの端に腰を下ろさせる。何か言いかけた亜希子をあたかもその場にいないように無視し、一瞥もくれない。

大丈夫ですよ、ちょっと音がするけどね、すぐ終わりますから……。

患者へのそんな声かけもない。

だが、普段なら見慣れぬ機械を前に恐怖に駆られ、胴体をよじるようにして「亜希子さん、亜希子さん」と叫ぶ母が沈黙している。

「亜希子さん、お母さん、こんなのいや。帰るから、その人に言ってちょうだい」

そう命令するはずなのに、固まったように目を見開いたままベッドに座っている。

「履き物を脱いで横になりましょう」

男は素早く、しかし紛れもなく女を扱う仕草で、母の足を台に乗せ仰向けにさせた。ためらいのない、流れるような所作だった。

母は視線だけを左右に動かしている。

困惑と恐怖で凍り付き声も出せないのだと思うと、胸が潰れるような気がした。

このままではパニックを起こす。

亜希子は庇うように寝ている母の体に寄り添う。

そのとき技師は初めて亜希子の方に顔を向けた。

「家族の方、出てください」

「いえ。……あの」

素っ気ない視線にその先の言葉を封じられた。

「大丈夫ですから」でも、「ご心配なく」でもない。とりつくしまもなく亜希子は押し出されるように部屋を出る。目の前で観音開きの分厚い扉が閉まる。頭上で「撮影中」のランプが灯った。

リノリウムの廊下に、亜希子は立ち尽くしている。

母の体を括りつけたベッドがスライドし、横たえた体がどうにか入る程度の狭さの空間に吸い込まれていく。目の前に迫る機械の天井と大きな作動音。母の味わう恐怖が容易に想像でき、何とかしなければと居ても立ってもいられない気持ちだったのに、扉が閉ざされた瞬間、不安が消えた。

あまりに素っ気ない、あまりに冷たい技師の対応が、何を訴えても無駄なのだ、という諦めの気持ちをもたらした。と同時に、意外なことに緊張がほどけ、体がふわふわと浮くような解放感を覚えた。

今、母は傍らにいない。一瞬であれ、母がレントゲン室に入り、機械に吸い込まれていったこのとき、亜希子は完全に自由だった。そして何が起きても、もはや責任を取る必要はなかった。拭いても拭いても目やにの湧いてくる窪んだ目の放つすがりつくような視線から、世間への恨みと行き届かぬ世話を非難する言葉から、湿った肌の発する匂いから、解放された。

母から切り離された。レントゲン室から追い出されたからではない。母には「彼」がついている。「彼」は娘の腕の中から母をさらっていった。

ベンチにふらふらと腰を下ろす。脱力したその瞬間、「わたくしと一緒に行きましょう」と、母の腕を取った診療放射線技師の姿が、このうえなく甘やかな情感を伴って脳裏に立ち上がった。

　ほんの少し前まで、世間のすべてのものに敵意を向け、亜希子の体に爪を食い込ませてしがみついていた母が、娘に背を向け、光弾ける草原を騎士とともに去っていく。

　その先に白い馬が一頭繋いである。

「ここに腰掛けましょう」

　騎士は母を腕に抱え、ひらりと馬に乗る。マントが風に舞い上がり、一瞬、亜希子の視界を遮る。無表情のまま母は騎士の胸元で、マントに包まれて座っている。

　騎士は礼儀正しく、しかしすこぶる冷ややかな視線をこちらに向ける。

　白馬の騎士。白馬の王子ではない、騎士でなければいけなかった。

　幼い頃、読んだアーサー王の物語だった。勇壮で悲劇的で、ロマンティックな騎士。たとえばトリスタン、たとえばラーンスロット。そんな騎士たちに恋した。

　甘い笑みを浮かべた少女のように美しいアイドルにも、鋭角的な視線でこちらを睨みつける不良っぽい少年にも、ましてや金回りが良く、女の扱いに長け、落ち着きと色気を備えた大人の男にも、魅力を感じたことはなかった。歴史映画に出てくる、肩になびく金髪、狂気を宿したブルーの瞳、金色の無精髭を生やし、汚れ、破れた衣服を身に着けたリアルな騎士にさえ、その血なまぐさい暴力性が薄気味悪く、心惹かれることはなかった。

子供時代の最後に読んだ中世の騎士物語の、貴婦人への厳かで麗しい魂の恋、神秘に導かれた道ならぬ恋にあこがれた。

成長した後も、恋心だけは子供のまま、亜希子は児童文学にしか登場しない、毅然として礼儀正しく、誠実で、美しい騎士を待っていた。

思い起こせば、娘時代は、身の回りに現れる騎士に恋をしては裏切られていた。女性への敬意を込めた口調は、交際が進むにつれ、厚かましく露骨な性的興味を含んだものに変わり、毅然とした態度はある程度慣れ親しむにつれ、こちらを見下した横暴なものに変化する。現実の男は、児童文学に出てくる騎士ではなかった。

一方、自分が城の窓から騎士がやってくるのを待っている高貴な姫君ではない、と気づかせてくれたのは、学生時代にサークルの合宿で知り合った女友達だった。

学校にいる間は別として、ほとんどの時間を母とともに過ごし、門限も金銭管理も厳しく、友人たちとカフェに入ることさえ禁じられて育った高校時代まで、亜希子に友達はいなかった。いじめに遭わなかったのは、標的になるほどの存在感さえなかったからだ。

母にとって唯一心を許せる「身内」である亜希子は、学校が定め、参加を義務づけたクラブ活動やボランティア活動を除いては、授業の終了とともにまっすぐに家に帰って母とともに過ごしていた。年に一、二回、母は祖父母や親類、ときには父との葛藤に耐えかねると、どんな理由をつけたのかわからないが、亜希子を早退させて、地方にある自分の親類の家に同行させた。

だが、それまで通っていた女子高から系列の大学に進んだ年、移動教室や修学旅行を除き、外泊などしたことのなかった亜希子は、母の反対を押し切り、初めて合宿に参加した。他大学の男子も含めたテニスサークルの、練習とコンパに明け暮れた軽井沢の二泊三日の滞在だった。そこで亜希子は恋人を作る代わりに生まれて初めて友人を得た。いや、友人たちと呼ぶべきだろう。

面倒見の良い二級上の女子学生が、どう振る舞ってよいかわからず立ちすくんでいた亜希子を、賑（にぎ）やかで、お行儀の悪いガールズトークの輪に引き込んでくれたのだった。初めて味わう女同士の緊張感のない親密な交流。そこには男子学生を前にしての露骨な競争も、意地悪も、陰口もあった。だがそれ以上に、同年代の「群れ」は自由な空気に満ち満ちており、彼女たちの話を傍らで聞いているうちに、自分がどれほど閉塞的で異常な少女時代を送ってきたのか、ということを知った。

唯一の味方を奪われそうになった母の必死の抵抗を振り切り、亜希子は遅すぎる反抗期を迎えた。女子大の四年間を、亜希子は女友達の輪の中で過ごした。心深く語りあえる真の友情ではなく表面的で浅薄な付き合い。そんな非難は意味を持たない。亜希子は二十歳を目前にして、それすら得られなかった子供時代を脱し、ようやく青春を迎え人並みの人間関係を築きつつあったのだから。

そして女友達に誘われて参加したサークル活動を通し、複数の若者に出会い、その大半が騎士とはほど遠い面を見せて離れていく中で、亜希子も成長していった。

やがて幼い恋と別れを告げ、周囲の女友達の影響もあって現実的な結婚にふさわしい男に目を向け始めたのだった。

「大舘家の一人娘」に持ち込まれる複数の縁談を、慎重な父と、まだまだ娘と二人で過ごしたい母が断り続ける中、卒業を控えた亜希子は、同じサークルに所属していた三つ年上の男から結婚を前提とした交際を申し込まれる。

地方出身の次男で、知り合ったばかりの頃は学生だったが、そのときには大手電機メーカーに就職していた。格別整った顔立ちでもなければ、若い女たちの心を揺らぎ立たせるような精悍(せいかん)さもない。しかしその笑顔や言葉や態度に表れたこだわりのなさと天性の明るさが、充実し安定した家庭生活を期待させ、幸せにしてくれそうな雰囲気をまといつけた男だった。

付き合い始めても彼は変わらなかった。熱っぽさもないかわりに、付き合う女を恋につきものの不安定な気分に陥れることもしない。楽しく、少々賑やかで、温かな交際を妨げたものは、ただ母の強硬な反対だけだった。

あれほど大舘家の人々の気位の高さを嫌った母が、夫となる人の氏素性についてとやかく言い、彼の勤める大手電機メーカーには地方転勤があるから、もしついていくことになったら内向的な娘には耐えられない、と主張し、さらに彼の性格の明るさをして軽薄な男、と決めつける。

そんな母に反発する気持ちが、亜希子の結婚を早めさせた。

胸を焦がす情熱などはなかなかなかったはずが、出かけようとするたびに引き止められ、執拗に罵(ののし)られるのに不器用な言葉で反論するうちに、自分でも制御できないほど心は熱く昂(たか)ぶっていった。ついに父や親族を集めた席で、一緒になれないくらいなら駆け落ちする、と宣言した。

目立った反抗期もなくいつも母の後ろにひっそりと控えていた、おとなしく内気な一人娘の変貌ぶりに、両親はもちろんのこと親類も驚愕(きょうがく)した。

「あなた、亜希子ちゃんが行き遅れたりしたらどうするの。この先、お見合い話を全部断って、三十を過ぎたりしたら取り返しがつかないわよ」という父の姉の説得もあって、母も最終的には折れたのだった。

卒業を待つようにして、実家からほど近い神社で式を挙げた。披露宴の間も、祝福の言葉のただ中で、母は険しい表情を崩さぬまま、硬直したようにあらぬ方を見詰めて座っていた。

そうして亜希子は初めて実家を出ることができた。父や親族の切り出した「彼を婿養子に」という話に、母が、相手の男はきっと財産目当てなのだから、と強く反対したおかげだった。

実家は出たが、結婚によって自立することは叶わなかった。それとなく母から示唆され、抵抗できないまま亜希子は夫の赴任先についていくことを拒んだ。

駆け落ちを思い詰めるほどの気持ちは、二人きりの賃貸マンションでままごとのような新婚生活を開始してほどなく、急速に冷めていった。目の前にいるのは、少しばかり品が悪い姿を見せて人を笑わせることの大好きな、雰囲気も何もない気の良い男だった。

大舘家の事情を知っている夫は、単身赴任を求める亜希子に理解を示し、「大丈夫だよ、アイム・フリー！」と両手を上げ、おどけた笑顔で最初の赴任先の名古屋に発(た)っていった。新婚八ヶ月目のことだ。

冷めた気持ちの中で、十分過ぎるくらい自分は幸せなのだと亜希子は自覚した。いや、幸せであることを認めなければならない、という気持ちだったのかもしれない。恋と結婚を切り分け、何が人の道で何が女にとっての幸せなのかを見極めるのは、打算ではなく賢明さであり、そうした賢明さを亜希子は持ち合わせていた。

マンションに一人で住む若妻に誘いをかけてくる男は、ときおりいた。見知らぬ男だけでなく、以前からの知り合いや、友人の家で出会った顔見知りの男たちも、気楽な様子でコンサートや食事に誘ってくる。そうした男たちと視線も合わせず、ことごとく断ったのは、母の倫理観と感性が無意識のうちに内在化されていたせいだろう。

友人宅に招かれての帰りに仲間の一人に車で送ってもらうことや、知人の親の通夜の折に、同方向に帰る男と駅ビルで軽い食事をすることさえ拒んだ。心を迷わせること自体がなかった。

男性アイドルグループにも、韓流ドラマに出てくる俳優にも、サッカー選手にも、興味はなかった。母のように男に嫌悪を覚えることはないが、心を惹かれることもない。

学生時代、亜希子に初めての友達付き合いを教えてくれた友人たちとは、そうした生活の中で遠ざかっていった。仕事を持ち、家庭を持った彼女たちの話題についていけなかったし、それどころか、どこかの男と親しくなり性交渉を持ったことを自慢げに聞かせる既婚女性もいて、独身時代は眩しく映ったその人柄に卑劣で不潔なものを感じた。そうした人と平然と付き合い談笑している友人たちにも不信感を抱き、次第に距離をおくようになっていった。

かといって他で知り合いを作ることもできない。子供がいないからママ友もできず、気がつけば母との蜜月に戻っていた。

レントゲン室前のベンチに腰掛け、背後の冷たいコンクリート壁に体をもたせかけ、亜希子は目を閉じる。

扉が開いた。窪んだ眼窩（がんか）の底の目を光らせ、どこか一点を見詰めたまま、母は技師に支えられて出てくる。

娘の姿を認めた母の顔に、表情が戻る。

「私はこれからどうなるの？」と咎（とが）めるように叫んだ。

「あちらの待合室でお待ちください」

事務的な口調で指示する男を亜希子は見上げた。

目の下の隈とどす黒い顔色、後頭部の髪が少し薄くなりかけた男。自分の皮膚と一体化したようなくたびれた立ち襟の白衣を身に着けた男は、亜希子の視線を受け留めることもなく、くるりとこちらに背を向けるとスタッフオンリーと書かれた扉の向こうに姿を消した。

自らの脳裏に立ち上がった幻影の騎士と、今し方、自分の前に立った中年の技師との間には、滑稽なほどの落差があった。だが神秘的で甘やかなイメージは余韻となって、まだ心を揺らがせている。

「どこに行っていればいいの？」

じれたように母が尋ねる。

続いて「あなた、何をぼんやりしているのよ」と叱責され、「いえ」と答える代わりに、無意識のうちに「今の放射線技師さん……」とつぶやいた。

「放射線？」

「ええ、今、お母さんがＭＲＩを」と言いかけ、そんな言葉ではわかりかねるだろうと、「レントゲンを撮ってもらったでしょう」と言い直す。

とたんに母は眉根に皺を寄せた。

「レントゲンって」

直前の記憶が消えることはよくあることで、格別不思議とも思わないが、ろれつが回っていない、レの字の発音が丸まっている。

「今、そこの部屋で、小さなベッドに寝て機械の中に入ったでしょう」

「そんな部屋になんか入ってないわよ、寝てなんていないし」

不安に駆られた目に、怒気が滲んでいる。ろれつの回らない言葉が、酒癖の悪い酔っ払いのようでもある。

「さっきからずっとここで待たされていて。もういいわ、お母さん、帰るから。車を呼びなさい」

憤慨する言葉の語尾が溶け、姿勢が崩れた。

慌てて支えたところに名前を呼ばれた。

亜希子に抱き抱えられるようにして母は診療室に入る。

そしてストレッチャーに乗せられて部屋を出た。

緊急手術が決まった。

ＭＲＩの画像により、頭蓋の下に出血が認められたのだ。慢性硬膜下血腫というあまり聞いたことのない病名で、手術には格別危険は伴わない、ということだった。経過が良ければ後遺症もないらしい。

夜のとばりの下りた中を亜希子は降り出した霧雨に肩を濡らして歩いていく。

手術を終えて病室に戻った母は、怒ったような表情で固く目を閉じ、大きく口を開けて眠っていた。まさに死に顔だった。決して安らかではない、衝撃と苦痛の中で絶命した死者の顔だった。

若い看護師が何事にもまったく動じることのない職業的な朗らかさで、「大舘さん、大舘さん、もう大丈夫ですよ」と、絶命したような顔で眠っている母に呼びかけながら、その体を忙しなく各種の機器に繋いで出て行った。

入院のために下着やパジャマ、洗面具の他に、病院指定の紙おむつその他を至急用意しなければならない。どれも病院の売店で購入できるものだが、手術が終わったこの時間は閉店しているので、数キロ離れたショッピングセンターまで車を飛ばす。

暗い路面に目をやり、今、自分が六年ぶりに一人きりでいることに気づく。

離婚して実家に戻ってから後、母のそばを離れることはなかった。だがあのレントゲン室前の廊下で味わった解放感はなく、ひどく心細い。

急いで買い物を済ませて病院に戻り、紙おむつの類いを病室の棚に置き、眠っている母の顔を見て家に戻ったときには、九時を回っていた。買い置きのうどんだけで夕食にした後、入院のための書類を書き始める。

連帯保証人の欄を記入しようとして途方に暮れた。世帯を異にする人、と条件がついている。母の兄弟姉妹は亡くなっている。父方の伯母は施設に入っており、叔母の方とは父が亡くなった折、葬儀の仕方について母と揉めて以来、行き来はない。付き合いのある従姉妹もいない。

知り合いと呼べる人物は、一人しかいなかった。六年前に別れて以来、年賀状のやりとりさえしていないかつての夫だ。

転勤の多い職場だから、今、どこにいるのかわからない。

いくつもの依頼の言葉、いくつもの言い訳を用意して、携帯番号を押した。

運がよかった。090から始まる番号は変わっていなかった。

「あれ、なによ？　久しぶり。元気？」

こだわりのない、明るい声色も変わっていなかった。それどころか、前にも増して、快活で前向きな口調だった。心細さと感傷的な気分に捉えられ、その懐に飛び込んでいきたくなった。

ざわめきやゆったりした音楽が電話の背後に入る。外にいるらしい。

「今、話していい？」

「あ、いいよ、どうした？」

思いやりが滲み出るような親身な口調に胸がふさがれた。

なぜ別れてしまったのだろう、ああも簡単に。後悔が押し寄せてきて、そうして縁を惜しんでいる自分の身勝手さ、浅ましさに呆れてもいる。

状況を話すのを最後まで聞かずに、別れた夫は「ああ、母一人子一人だと、いろいろ困ることがあるだろう」とつぶやくともなく言う。

「いいよ、俺の名前、書いちゃって。ええと……」

ゆっくりと確認するように現住所と家の電話番号を聞かせる。それをメモした後、遠慮しながら亜希子は言う。

「実は印鑑も……どこにでもうかがいますから」と気まずさを丁寧語で包む。

「そんなのいいよ、急ぎだろ。俺の『山口』なんて判子は、そこらの文房具屋で売ってるんだからさ」

高校時代の同級生は、離婚後、元の夫から保険証を返してもらえず癌の治療を続けられなくて困っている、と風の噂に聞いた。そこまでひどくなくても意地悪や嫌がらせをされて、なかなか新生活に踏み出せない女性たちも多い。

なのにこの人はなぜこれほどの善意を見せてくれるのか。別れなければ、いつまでもこの温もりに包まれ、大きな手に守られて暮らしていただろうにと思う。子供が二人、三人いて、転勤のたびに引っ越して、それでも幸せに暮らしている。そんなもう一つの人生があったかもしれない。

だがそれは許されなかった。どちらが許されないことなのか亜希子にはわからない。夫をないがしろにすることと、ひとりぼっちになった人見知りの激しい母を捨てること。

「すみません。落ち着いたらあらためてお礼に……」

「なに言ってんだよ。そんなのいいから、おふくろさんについててやれよ」

皮肉ではない。真心からそんなことを言える男だった。昔から。

「ありがとう、本当にありがとう」

この人は私を許してくれるだろうか。許してくれたら、どうしようというのか、今更。

そのとき「あ、ごめん、ごめん」とかつての夫の声が聞こえた。他のだれかと会話している。別の男の声が背後に入る。言葉は聞き取れないが、ひどくとり澄ました声だ。

「あー、それじゃ、彼女にはグラッパ、俺は……この、プリンみたいなやつ」

彼女には、と別れた夫は確かに、そう言った。

戸惑い、言葉を失った。

「あ、失礼。今、カミさんとイタメシ。今晩、子供がお泊まり保育なんだ」

「あ、……はい。すみません」

とっさに謝っていた。

「ああ、言ってなかったね、再婚したんだ。もう五年になるかな」

受話器の向こうに見た一瞬の甘い夢に、愚かしさよりも、自分の身勝手さを思う。

五年、といえば、離婚後まもなく再婚したことになる。どういう経緯でと詮索するのは浅ましい。むしろ心も生活も夫婦の体をなしていない結婚に、十年以上付き合ってくれたことに感謝しなければならない。

礼を述べて電話を切る。時計を見れば夜の十時を回っている。この時刻に、どこか都会の、夜景の美しい高層ビルのレストランで、かつての夫と自分が向き合って食事する様を思い浮かべた。あまりそぐわない光景だった。自分にも、そしてかつての夫にも。

あの結婚が続いていたなら、そして保育園児の子供がいたなら、親から離れて一夜を過ごす我が子のことに気を揉みながら、リビングダイニングのテーブルで向かい合って、夫のためにリンゴでもむいているだろう。亜希子にとっての夫は家族であって、子供の手が離れた夜に、男女に戻れる「男」ではない。


未明に電話で起こされた。

病院からだった。すぐに来るようにと指示された。

容態が急変したのではない。母が大声を出し、暴れて看護師の手に負えない、という。

取るものも取りあえず車で乗り付けたとき、母は回らない口で金切り声を上げていた。

両手にグローブをはめられて縛られ、腹から胸にかけては太いベルトでベッドに固定され、夜勤の医師が見守る中、看護師が二人、ベッドの周りを這い回るようにして、何かを探している。

夜半、看護師が目を離した隙に、点滴、尿道カテーテル、頭に入れたドレーン、といったすべての管を自分で引き抜いた。取り押さえようとした夜勤の看護師二人では足りず、他の病棟から応援を頼み、四人がかりで押さえつけ、何とか拘束した。だが頭から引き抜いたドレーンの先端が千切れ、みつからないという。頭部に残っている可能性もあり、床の上に破片が落ちていないかどうか、今、確認しているところだった。

「睡眠導入剤と鎮静剤をダブルで打ったのですが、まったく興奮が収まらなくて。血圧が二百を超えて危険なので、家族の方が落ち着かせてください」

へたへたと座り込みそうになった。いったん興奮し始めた母を落ち着かせることなど、亜希子にだってできない。

手術後の夜間譫妄（せんもう）などではない。母の怒りは義父母が他界した後、溜まったマグマが噴き出すように噴出し始めたものだ。父の生前は、ある程度まで行くと、「いい加減にしろ」と一喝され、固まったように静かになったものだった。

だがその父が亡くなった後、怒りの噴出を止められる者はいない。自分の怒りの言葉が、さらに怒りを呼び、興奮が極限まで高まり、限界を超すと悲鳴のような声で泣き出し、気力が回復すると再び怒り出す。

亜希子の到着を待つようにして、一通りの説明を終えただけで看護師も医師も引き揚げてしまった。

ベッドに括りつけられながらなおも胴体をよじり、顔を真っ赤にしている母を亜希子はただ「今、手術が終わったばかりなのだから、少しの間のがまんだから、私がついているから」となだめ続ける。

拘束され、手術後のろくに回らない口で、母は叫び続ける。

「こんなベルト外してよ、こんなことされなくたって、寝ていますよ。人を何だと思っているの。こんな病院に入れたの、あなたなんでしょ。私が邪魔になったから、こんなところに入れて縛り上げたんでしょう。早く看護婦を呼んで来て外させなさい。何やっているの、車を持ってきなさい、退院するから。人を縛り上げていると、警察を呼びますよ」

狂ってはいるが、どこかでつじつまが合っている。いっそ、何も言葉にならない声で喚き続けてくれる方が楽だ。

その状態は翌日も、その翌日も続いた。

完全看護のはずの病院の個室に、デッキチェアよりも不安定な折り畳みベッドが運び込まれ、その上に薄い布団を敷いて亜希子は泊まり込む。

便器に排尿するのを拒否して暴れ、拘束され、一晩中喚く。血圧が危険なほど上がるので、拘束ベルトを外してもらうと、ベッドから飛び降り、壁につかまりながら歩き回ろうとする。一時もじっとしていない母を亜希子は一睡もできないまま、見守り止める。

「なぜ私はここにいるの？　どこも悪くないのになぜこんなところに閉じ込められているの」

頭に包帯を巻き、点滴を付けたまま、母は怒鳴り続ける。

一族がまだ生きていた家を思い出すのだろうか、排泄(はいせつ)や食事の世話を他人にされることに異常に恐縮し、看護師の手を拒否して娘の介助以外は受け付けない。

亜希子は当時としては遅い子だった。

「お殿様の家」と呼ばれ、大舘という名字が大舘町(おおだてちょう)という町名にもなっている旧家に生まれた父の縁談は、なかなかまとまらなかったと聞いている。

嫁入り話を持ち込まれた家は、戦後のことでもあり、堅苦しいところにわざわざ娘を嫁がせ苦労させたいとは思わない。たとえ家格の釣り合いが取れていても「ご立派すぎて」という言葉で断ってきたらしい。また、父本人がみつけてきた女性については、「商人の娘は信用できない」「親族に差しさわりのある者がいる」等々の理由をつけて、明治生まれの祖父母が許さなかった。四十を目前にした頃、遠い親類が話を持って来て、当時二十八歳になり「もはや後妻口しかない」と言われていた母が嫁いできた。

早く跡継ぎをという重圧の中、母が三十歳のときに亜希子が生まれた。次こそは男の子、と願掛けまでしたらしいが、二人目はついに授からないまま祖父母は相次いで亡くなった。一人娘の亜希子に、両親はそれぞれの期待をかけていた。

地域ではもちろん会社においてさえ、「世が世ならお殿様」という逆の偏見にさらされ、その能力を正当に評価されることのなかった父は、娘にことさらリベラルな教育を受けさせようと、左派系文化人の子弟の多い私立校の女子部に入れた。一方、釣り合わない家格故に亜希子を産んだ後も義父母や使用人たちから下女のような扱いを受けてきた母は、幼い頃から「決して母親を裏切ることのない、たった一人の身内」として孝行娘を求めた。

時の流れとともに使用人が去り、義父母が亡くなり、そして夫までもが逝った後、松や椿の大木が生い茂り、薄闇に閉ざされた大舘の家は、母と娘の温かい繭(まゆ)となった。もはや遠慮も気がねも無用の、たった二人の人間関係の中で、母の脳は萎縮し、その人柄をおとなしい嫁から人見知りの激しい幼児に変えてしまった。

昼間近になって、自分の朝食を買いに売店まで走った帰り、亜希子は看護師に呼び止められた。

「どこかに行くときは、一瞬でも、必ず私たちに一声かけてください」

もし声をかければ、すぐさま母は拘束ベルトで括りつけられる。たとえすぐに戻ってきて外してもらっても、それが引き金となって始まった怒りの発作は数時間続く。その間、だれも病室には入ってこない。

看護師や医師、他の患者もいる病棟で、白い壁に囲まれて亜希子は母と二人きりだった。あの広い屋敷の中で、確かに幼い頃から母と二人だったが、これほど狭い部屋で一時も離れずに密着して過ごしたことはない。せめても外の空気を吸いたくて廊下のドアを開け放てば、母は外の音や話し声を嫌い、閉めるようにと命じる。看護師たちも、そのドアが常に閉められていることについて何も言わない。必要なとき以外、二人の世界に立ち入っては来ない。一泊二万円の差額ベッドの個室で、亜希子は「なぜこんなところにいるのか」と執拗に尋ね、怒り狂う母と暮らし続ける。

疲れて眠りに落ちた母の傍らでうとうとして、インターホンの音で目覚めた。

ナースステーションからだった。一人で歩き回るのを止められている母が、ベッドから下りたことがセンサーで感知されたのだ。

自分が眠ったり目を離したりするなら、必ず患者に拘束ベルトをつけるように、と再び注意を受ける。

もし歩き回って転倒などの事故が起きても病院側の責任を問わないと一筆入れるから、

と亜希子は願い出たが、もちろん受け入れられるはずはなかった。

　寝不足の朦朧とした意識の中で、医師の声を聞いた。

　術後一週間目のことだ。経過を見るために、頭部のレントゲンを撮ると言う。

　母は車椅子に乗ることを拒否して、無言のまま看護師の手を押し退け、亜希子に支えられて移動しようとする。それをなだめながら車椅子に乗せ、看護師とともにエレベーターでレントゲン室のある薄暗い廊下に降り立った。

「大舘さんですね」

　あの声がした。

「わたくしと一緒に行きましょう」

　放射線技師が前回とまったく同様のトーンで母に声をかけた。

　次の瞬間、重たく生温かい母の体が、はらりと自分の傍らから離れていった。

　亜希子をあたかも侍女であるかのように無視し、騎士は母の車椅子を押して観音開きの扉の向こうに消える。

　母はさらわれていった。

「終わりましたよ」

声をかけてきたのは、看護師だった。

それで気づいた。ほんの数分間、レントゲン室前の長椅子に横倒しになって、眠っていた。眠りというよりは気を失ったようだった。一瞬の深い眠りの中で夢を見た。

騎士は、母ではなく亜希子に、白い革手袋をした手を差し延べている。

「わたくしと一緒に行きましょう」と。

目覚めた後も、切なく、苦しいほどに甘美な思いが胸をしめつける。

だが騎士に顔はない。その姿もない。ただ、彼の声と彼の動きが巻き起こす空気の流れがあるばかりだ。

彼だけがカプセルの硬い殻を割って、腕を差し延べ母を連れていってくれた。いや、夢の中で彼は、亜希子を連れ出してくれた。

軽い足音とともに、立ち襟の白衣を身に着けた中年男が脇を通り過ぎた。

薄くなった髪、どす黒い顔色、落ち窪んだ目の下の隈。唇を引き結んだ横顔は貧相だが、厳しい面差しに、不思議に清潔な男臭さが漂っている。

遠ざかっていく技師の、白い布靴でリノリウムの床を踏みしめる足取りの機敏さに思わず目を奪われた。

「何か？」

傍らの看護師が亜希子の視線の先を追う。

「あの、放射線技師さん……」

それきり言葉を失った。

車椅子の上の母はおとなしい。鉄の扉の内側で、どんな風にして写真を撮ったのかわからないが、空疎な視線で廊下の壁を睨みつけている。

「何か気になったことでもありました？」

若い看護師が眉をぴくりと動かし、エレベーターを呼ぶボタンを押す。

「いえ……、どんな方々が働いているのかと……。看護師さんや先生はよくわかるんですけれど、他のスタッフの方については……」

男性スタッフに何か興味を持っていると思われたとしたら、恥ずかしく心外でもある。

「ああ、診療放射線技師の人たちね。今のは主任さん。ＣＴやＭＲＩとかの検査もしていますが、放射線治療なんかもやってます。二年くらい前にうちに移ってきたんだけど、いっつもここにいるんですよね。夜勤とか救急とかあるからなんだけど、そうでなくても緊急呼び出しにはいつも応じるし、お酒も飲まないし、いつ寝てるかわからないんでＭＲＩで充電しているアンドロイドと呼ばれています」

「仕事人間なんですね」と黒く疲労感の滲んだ風貌を思い起こす。

「独身だからじゃないですか」

軽い口調でそう言った後、看護師は付け加えた。

「私生活は知りませんけど」

だれも彼になんか興味持っていませんよ、と言わんばかりだった。

「放射線技師さんは、うちは大卒がほとんどなんですが」と言い淀み、「あの人はそうじゃないみたい。職人さんですよ。透視検査とか、放射線量の計算とか、そういう専門的なことはすごいらしいですね」と続けた。

「いえ、私たちへの対応も……」

「ああ、素っ気ないでしょ。だからアンドロイド。忙しいからしょうがないんだけど」と言いかけ、ふと生真面目な表情になった。

「彼の対応で何かお困りのことが？」

「いえ、とんでもない。助かりました」

どう助かったのか、うまく説明する言葉が見つからないまま、下りてきたケージに母の車椅子を押して乗り込む。

看護師が出払って無人となったナースステーションの前をすり抜けるようにして小走り

に談話室に向かう。

　この数日、習慣となった真夜中の水汲みだった。母の憤懣と興奮は、ほとんど四六時中続く。

　なぜこんなところに入院させられ、なぜ一人で歩き回るのを禁じられているのか。病気の自覚はもちろん手術の記憶もないから、不自由さへの不満がつのるばかりだ。説明したところで数分後には忘れて同じ質問を繰り返す。

　興奮の引き起こす頻繁な尿意と頻繁な喉の渇き。だが、高齢者に用意されているのは、誤嚥を防ぐためのゼリー状のぬるま湯だけだ。まずい、と言って母は拒否する。だが病院としてはそんなわがままは聞き入れられない。何時間も、水を飲ませろと娘に叫び続ける母と、そんな親子のやりとりを聞いても素知らぬ顔をしている看護師の間で、亜希子は根負けして腰を上げた。

　談話室にある給水器から紙コップで、深夜、こっそり冷水を運ぶ。

　それは魔法の水だった。睡眠導入剤や鎮静剤の類いで夜間譫妄を起こし、目を離せばベッドから下りて朦朧として病室内を歩き回り、怒鳴り続ける母が、一杯の冷たい水でおとなしくなって寝入る。ときおり飲み損なってむせ、介助の仕方が悪いと怒り出すことはあるが、それでもその一杯で数時間の眠りに落ちることがわかった。その間に亜希子の方もつかの間の眠りにつく。

だがその夜、談話室の給水器から水は出なかった。休日でもあり、日中、見舞客が多く、タンクが空になってしまったのだ。

談話室の外の暗い廊下を振り返った。患者の拘束ベルトを外したまま、家族が病室から出たことを看護師に知られると咎められる。だが母の病室にこの時間帯に夜、看護師が入ってくることはほとんどない。

小走りにエレベーターホールに行き、売店のある二階に下りた。店はとうに閉まっているが、非常灯の薄緑色の光に照らされたその一角に、自販機がある。ミネラルウォーターを買おうと近づき、ずいぶん暗いことに気づいた。商品サンプルの蛍光灯の照度が落とされており、商品名の下にはすべて、「売り切れ」ランプが灯っていた。

夜間の販売が中止されているのだ。

ひどく落胆した。ささいなことなのに、生きる気力が奪われるような絶望感に見舞われる。

生まれてこの方、こんな風に、うまくいかないことばかりだった。原因はすべて自分にある……。離婚原因は自分が作った、そもそもうまくいかない結婚をしたのは自分のわがままだった。それ以前に、大学に入ったとたんに勝手なことを始めた。因果応報のように不運の数々が巡ってくるようになった。

我を捨てれば辛いことは消えていく。きっとそうに違いない。が、いくら見直しても販売機の表示が変わることはない。

エレベーターホールに引き返しボタンを押した。今度はランプが灯らない。何度か試したが同じだ。下りてくることはできても、夜間は、売店のある外来フロアから病棟階には上がれないようになっているのだ。

売店や食堂などのあるロビーから、吹き抜けになっている一階の外来待合室に階段で下りていく。

非常灯のみが灯った待合室の中央部にやはりエレベーターがある。そちらでボタンを押したがやはり動かない。

諦めて奥に向かう。その先に非常階段があるはずだ。

無人の受付カウンターや手洗いの前を通り過ぎて進んでいくと、その先は透明なドアで仕切られた病棟になっている。

その前で立ちすくんだ。

開くはずの自動ドアが開かない。

淡く明かりの灯った無人の廊下がドアの向こうに延びているだけだった。

戻れない。

両掌(てのひら)を透明なドアに押しつけたまま、そんなものがあるわけはないと思いながら、スイッチのようなものを探している。

娘が戻ってこないことで不安に駆られた母が騒ぎ始めたら……。

巡回に来た看護師が、拘束ベルトもなく、見守る者もなく、動き回っている母をみつけたりしたら……。

軽いパニックに襲われ、忙しない足取りで歩き回り、病棟に戻る道を探しあぐねて再び、閉じられたドアの前に戻ったときだった。

背後の薄暗い廊下に光が差した。スタッフオンリーと書かれたドアが開き、人が出てきた。

「どうしました?」

男がいた。あの放射線技師が襟のすり切れた白衣で立っていた。

「あの……飲み物を買いたくて……病棟の給水器が空になっていたので。でも二階の自販機では買えなくて」

「ああ、省エネでスイッチが切れているので」

「入院中の母について泊まり込んでいるんです、それで売店まで下りてきたら、戻れなくなってしまって……」

しどろもどろになって聞かれてもいないことを答えている。

「今の時間、出ることはできても入れないようになっていますから」

感情のこもらない物静かな声が答えた。いたたまれず身じろぎした亜希子に技師は背を向けた。

「こちらです」

きびきびとした足取りで先に立って歩いていく。脇にある鉄の扉を開けるとひんやりとした夜気が体を包んだ。植え込みの間を抜け、薄暗く蛍光灯の灯った立体駐車場脇を過ぎ、建物の外壁に沿って回り込むと救急受付窓口があった。

そちらから病棟に上がるものと思っていると、その手前の通用口のドアに技師は首から提げたカードをかざした。ごく軽い解錠音とともにドアが開く。

「どうぞ」

殺風景な狭い通路が蛍光灯に照らされていた。食べ物と消毒薬の入り交じった独特の臭気が漂っている。職員用の食堂だったが今の時間は施錠されている。

そこを通り過ぎるとプラスティックのテーブルと椅子が並べられた休憩コーナーになっており、自販機が壁際に数台置かれている。

「ここで買ってください」と言いながら、技師は端にある一台の前に行き、迷う様子もなく何かを買った。

亜希子の方も財布を取り出す。

百円玉がなく千円札を投入口に入れたが戻ってくる。釣り銭切れの表示が点灯していた。どこまでも運がない。

「何が欲しいんですか」

財布に指を突っ込んだまま途方に暮れている亜希子に技師が尋ねる。

「あ……いえ」

技師は亜希子の背後に立った。素早く腕を伸ばし投入口にコインを入れる。くたびれた白衣から消毒薬のような、古い図書館のような、乾いた匂いがした。

鈍い音とともに透明なボトルが取り出し口に落ちる。

「どうぞ」と手渡され、礼を言おうとしたときには、彼はこちらに背を向け先に立って歩き出していた。

突き当たりにエレベーターホールがあった。

「職員用のエレベーターですが乗ってください。ナースステーションの脇に出ます」

「あの……実は」

口ごもりながら、看護師に見られたくない、と言い、理由をくどくどと説明する。

「わかりました」

最後まで聞く前に、彼は体の向きを変え、自販機コーナーに戻った。

テーブルと椅子の背後に、丈の高い鉢植えの観葉植物が並べられている。さきほどは気がつかなかったが、その向こうに段差があり暗い廊下が延びていた。グリーンをパーティション代わりにして空間を仕切っているのだ。

技師は屈むと、鉢植えの一つを手前にずらした。

緑の間にごく狭い通路が開く。彼は体を横にするとするりと向こう側に行き、腕を差し延べる。

「すみません」

技師は、ごく自然な、あまりにも慣れた仕草で、亜希子の肘を支えるように摑んだ。体温も湿り気も感じられない、それでいて力強い手だった。

「足下、気をつけて」

「はい」

一瞬のうちに、乾いた掌は離れていった。

正面に、一階の病棟の面会受付窓口があった。明かりはすべて消えている。鉢を元に戻した技師は亜希子にぴたりと寄り添い、非常灯で照らされた暗がりを歩いていく。

静まり返った空間は、夜の森だった。ときおり獣の鳴き声の代わりに、得体の知れない機械類のうなる音や、どこか遠いところにあるエレベーターの昇降音が聞こえてくる。

角をいくつか曲がり、突き当たりにある鉄扉を開けたとたんに、眩しさに目が眩んだ。

蛍光灯に照らされた非常階段があった。

「何階ですか？」

「七階です」

「循環器ですか、脳外ですか」

「脳外科の方です」

軽い足取りで技師は階段を上り始める。腕を取りはしないが、半歩先を気遣うようにときおり振り返りながら上っていく。彼が片手に提げているものに初めて気づいた。

袋入りのドーナツだった。先ほど自販機で買ったものらしい。

ＭＲＩで充電しているアンドロイドなどではない。スタッフオンリーの扉の向こう側で、愛用のマグカップに入れたインスタントコーヒーにドーナツを浸しながら待機している姿が目に浮かぶ。

二階、三階……。ここしばらくほとんど病室で過ごしているので筋力が落ちている。腿と膝が痛み出す。

「母は二週間前に手術をしたのですが、動き回るもので。拘束ベルトをすると騒いだり暴れたりして血圧が上がってしまうので、私がついています。片時もそばを離れられなくて、もう限界かな……と」

息を切らしながら、そんな話をしている。

「寿命が尽きれば人は亡くなります。それだけのことです」

技師は足を止めることもなく答えた。唐突で、家族にとっては無神経きわまりない冷酷な言葉だ。だが、亜希子には事情を説明している自分の言葉の奥にある、悲鳴に似た思いを、彼が酌み取ってくれたことがわかった。

床も壁も鈍い緑だ。微妙にトーンの異なる緑色の森閑とした空間を亜希子は導かれるように上り続ける。

オルゴールに似た電子音が響き渡った。懐かしいメロディー、ロンドンデリーの歌だ。

胸ポケットに素早く手をやり、彼は初めて亜希子の目をみつめた。

「七階の廊下に出たら、右側へ行ってください。突き当たりを左です」

それだけ言うとPHSを耳に当てる。

「はい……はい……はい、了解です。今、行きます」

軽やかな足音とともに声が遠ざかり、ドアの向こうに消えた。

無音の階段室に残され、亜希子は不思議と軽やかで安らいだ気分で立ち尽くす。手にしたボトルのキャップを開けた。

一口飲む。冷たい水が喉をすべり落ちる。

泡のようにはかなく、甘やかなものが、幻の芳香とともに胸底から湧き立ってくる。

はっ、として、ボトルを見る。甘い。柑橘の芳香がある。ミネラルウォーターのように見える透明なボトルには果物の絵がついていた。香料と甘味料入りの清涼飲料水だった。

「ずいぶん遅いじゃないの。何をしていたの。喉が渇いて死にそうよ」

足音をしのばせて病室に戻ると、暗がりでベッドに腰掛け、母が待っていた。

「給水器が空だったから、売店まで行ってきたの」と言い訳しながら、二口ほど飲んだペットボトルを手渡す。たかが水汲みに時間がかかりすぎるとぶつぶつ言いながら母は受けとる。

洗面所にコップを取りにいこうと背を向けたとたんに、背後で激しく咳き込む音がした。

待ちきれず、ボトルに直接口をつけて飲んだらしい。慌てて振り返り、背を叩く。真っ赤な顔をして母は咳き込みながら、息も絶え絶えに亜希子の手を振り払い、体を二つ折りにして咳き込み続ける。払われても亜希子は掌で背中を叩き続ける。嘔吐に似た音を立てて咳き込む苦しげな様子に、全身から血の気が引いていく。

ナースコールに手をかけ思いとどまった。

誤嚥のおそれのある老人に、ペットボトルの飲料など飲ませたことが知れたら、看護師に何と言われるだろう。

ほどなく母は荒い息をしながらも落ち着いた。それでもペットボトルを離さない。

「貸して、コップであげるから」

「うるさいのよ、あなたは。気が利かないくせに」

取り上げようとする亜希子に「私は二つ三つの子供じゃないのよ」と叱りつけるように叫び、ボトルに両手でしがみつく。

意地になっているだけではない。もともと清涼飲料水が好きな人だったが、認知症を発症してからますます甘味を好むようになった。懲りることもなく、もう一度むせながら、五百ミリリットル近い分量を一気に飲んだ。もはや止めるすべもなく、亜希子は全身の力が抜けたまま、不安定な補助ベッドに座り込んでその様を見詰めている。

どれほど満足したのだろう。それはまさに甘露だった。朝まで目を覚ますこともなく、母は軽いいびきをかいて眠り続けた。手洗いにさえ起きなかった。

翌早朝、清拭(せいしき)にやってきた年配の看護助手が体を拭いた後、タオルを替えて局部を拭こうとすると、母は自分でやるからと拒否した。いつものことで、スタッフも慣れている。温かいタオルを母に渡す。

こちらに背を向けて拭いている母を見守っている看護助手に、亜希子は小さな声で尋ねた。

「あの放射線技師さん……」

「どの人？」

「主任さんとか」

「ああ、何といったっけ……彼が何か」と眉をひそめて相手は亜希子を見つめた。

苦情を述べ立てられる、と身構えた様子だった。

「いえ、昨夜、自販機のところでお金を借りてしまったんです。小銭を持ってなかったので」

「ああ、一階の受付に預けておけばいいですよ。あの人はいつも忙しくて捕まらないの」

「捕まらない？」

「ええ。使いべりしないと先生たちから一目おかれて、始終走り回ってるから。そういうの、一目おかれているっていうのかどうか知らないけど。いつも病院にいるし、独り者だから帰ったたってやることがないんじゃないですか」

それから看護助手は声をひそめて付け加えた。

「バツイチなのよ。最初の勤め先で栄養士をしていた奥さんを同僚に寝取られたの。奥さんの方から離婚を切り出して出て行ったって。わかるような気もするけど。この世界、狭いからそんな噂は病院を何回変わっても……」

母に呼ばれ、亜希子は話を中断しそちらに行く。

昨夜、自動販売機の白い光に照らされて自分の前に立った男のイメージが、年配の看護助手の言葉で、生臭い現実感を帯びることはなかった。自分の手の中に甘露を残して立ち去った男の、立ち居振る舞いの淀みなさと清潔さが印象に残り、下世話な話をするスタッフに違和感を覚えただけだ。

翌日の午前中に医師が回診に訪れ、手術跡をすばやく確認した後、去って行った。それから数時間後、母は喘鳴(ぜんめい)とともに胸苦しさを訴え始めた。

看護師を呼んだ。気休めの言葉をかけただけですぐに出て行くのだろう、と思っていると、医師が呼ばれてきた。

看護師がさらに二人加わる。枕元の壁から伸びているチューブの先端を手に取り、抵抗する母に「ごめんなさいね」と柔らかい言葉をかけたと思うと、その肩を押さえつけ、吸引を行う。苦しいのだろう、母は手足をばたつかせて抵抗する。だが、その後もいっこうに良くなる気配はなく、ベッドから起き上がるようにしては胸苦しさを訴える。しばらくして酸素マスクと心臓のモニターに繫がれた。

誤嚥性肺炎を起こしていた。

病名を聞いて亜希子は手足の先から寒気が上ってくるのを感じた。

おそらくあの夜、気管に入ってしまった水、というより砂糖水が引き起こしたことだ。給水器が空になっていたとき、戻ってきて看護師にわけを話し、とろみのついたぬるま湯をもらっていれば……。

そもそも夜中に冷たい水を飲む習慣を付けたりさえしなければ……。ごろごろといびきのような音をさせ、口を半ば開けている母の苦しみが、自分の胸の内に生々しく感じられる。

今まで、何回か深夜の冷水でむせていたというのに、運ぶのをやめなかった。母を眠らせるために、というより自分が一息つくために。

手際良く処置にあたる看護師たちの背後で、亜希子は立ちすくんでいる。

自分のせいだ。これまでの不運がすべてそうだったように……。

あの甘露が母の命を奪いつつある。あの技師が手渡してくれたあの一本のボトルが。

不意に真夜中の階段で聞いた言葉が、耳底に蘇（よみがえ）った。

「寿命が尽きれば、人は亡くなる。それだけのことです」

妙な感じに捉われた。

いつもよりいっそう濃かった目の下の隈。疲れ果てた顔色となおかつ毅然とした物腰、有無を言わせぬ、しかし抱擁するような言葉と所作。

病室にストレッチャーが運ばれてきた。そちらに移された母が、首を振り酸素マスクを外そうともがきながら叫ぶ。

「亜希子さん、亜希子さん、私はどこに連れていかれるの？　勝手な真似（まね）はしないでって、あなたから言ってやってちょうだい。もう、お母さん、家に帰るわよ」

「レントゲンを撮るだけ。胸の中をみるの。ちゃんと治して、おうちに帰ろう」

虚しい思いで言葉をかける。

「いやよ、どこにも行かないわよ」

「大舘さん、大丈夫ですよ」

若い看護師が少し舌足らずな、間延びした声で呼びかけながら、ストレッチャーの方向を変える。

エレベーターを降りた瞬間、正面の窓を透かして、今、まさに建物の向こうに沈もうとしている秋の陽(ひ)の寒々とした黄色い光が目を射た。思わず瞼(まぶた)を閉じる。からからと音を立てて先を行くストレッチャーを、瞬(まばた)きしながら追いかけていく。

明順応(めいじゅんのう)した目に、真っ暗に見えた廊下の突き当たりの扉が開く。

首を巡らせ、母が娘を探している。

「お母さん、私、ここにいるから大丈夫」とストレッチャーの脇に寄る。不安げな目を大きく見開き、母はベルトに括りつけられた手で、痛いほどに亜希子の手を握りしめる。

「いやよ、どこに連れていくのよ。ちゃんと説明しなさいよ、子供じゃないんだから」

怯(おび)えた声で喚き始めた。

いつの間にか彼はそこにいた。

いままで幾度か聞いたあの声で、いつもと同じように呼びかける。

「わたくしと一緒に行きましょう」

彼の声が聞こえた瞬間、爪が食い込むほどに亜希子の手を掴んでいた母の手から力が抜けた。

ストレッチャーに寄り添い亜希子は廊下の突き当たりのレントゲン室に向かう。開いた扉の向こうのリノリウムの床が、眩しいほどの蛍光灯の光に照らされている。

母が助けを求めるように亜希子を見つめる。

「家族の方はここまでです」

ぞっとするほどよそよそしい、感傷を取り払った声で、宣告するように彼は言った。

その言葉と同時に、観音開きの重たい扉が目前で閉じられた。

「放射線管理区域　許可無く立入を禁ず　院長」

見慣れた文言が、目の高さにあった。

廊下のベンチにふらふらと腰を下ろしたが、看護師に促され、無人の病室に戻る。

どれだけ経った頃か、母が戻ってきた。それまでの個室ではなく、ナースステーションと繋がった部屋に入った。

蠟のように白く、血の気の失せた母が、あらゆる機械に繋がれて横たわっていた。

苦しげな胸の音は消えていた。口を半開きにして、呼吸をしている。

ときおり下顎がゆっくり下がり、数秒後に元に戻る。

「どうぞついていて差し上げてください」

神妙な口調で看護師が告げて、ナースステーションに戻っていった。カーテンで隔離された繭の中で、亜希子は再び母と二人きりになった。

何を語りかけても無反応な母の手は冷たい。ただゆっくりと静かな呼吸をしていた。

　一人だ、と不意に感じた。すでに母はここにはいない、ということがあまりにもはっきりと感じ取れた。

　母の魂は、連れ去られていた。あのときに。

「家族の方はここまでです」という言葉とともに扉を閉じられたあの瞬間に。

　あきこさん、あきこさん、と呼ぶ、ねばりつくような甲高い声は聞こえない。

「なぜこんなところに入れたの？　すぐに帰るから車、呼んでちょうだい」

「お母さんは病気で手術したの。もう少し入院して治ったら、帰れるから」

「どこも悪くないわよ。私をこんなところに入れてやっかい払いして、あなた、年取ったお母さんを捨てて逃げようというんでしょう」

　毎夜繰り返されたやりとりを交わすことは、おそらく二度と無い。

　解放されたのだ。

　草原の向こうに西洋トネリコの茂みがある。かすかな水音が耳を打った。

　枝の間から覗き込むと、一艘（そう）の小舟が川面（かわも）で揺れている。

「わたくしと一緒に行きましょう」

　厳かな口調で言うと彼は母に手を差し延べる。慰めも微笑（ほほえ）みもなく、極めて礼儀正しく。

　不機嫌な表情でありながら、美しい顔立ちの母は騎士に手を取られ、うなじを反らせて舟底に片足を下ろす。もはやこちらを振り返ることもない。

根深い人間不信の底で生き抜いた母の苦悩を、唯一の頼みとされた娘が救うことはできなかった。孤独な魂に手を差し延べたのは彼だ。

舟はゆっくりと岸を離れる。そして岸辺の糸杉を隠して立ちこめた霧の中を幽かな水音とともに遠ざかっていく。


正面玄関を出ると、陽射しが眩しかった。車寄せの向こうの芝生は色あせているが、駐車場脇の金木犀の大木が花をつけ、あたり一面にきらびやかな香りをまき散らしている。臨終からわずか十日のうちに季節が移り変わっていた。

葬儀やその他の手続きで遅れていた病院の精算を、この日ようやく済ませた。

そのとき、金木犀の枝陰から探していた彼の姿が見えた。

ベンチに腰掛け、降り注ぐ陽光の下で伸びをしている。

手にした紙袋から、今日の昼食と思しき三角おにぎりを取り出した姿はひどくわびしげだが、わずかな時間をみつけて心置きなくくつろいでいるようにも見える。

「あの……」

近づいていくと、技師はいぶかしげに亜希子を見上げた。

「母がお世話になりまして」

「ああ、このたびは……」

手にしたおにぎりとペットボトルを素早く袋に収め、立ち上がり一礼する。完璧な所作だった。

「寿命とあのとき、非常階段でおっしゃっていただいて、おかげさまで救われたような気持ちがいたしました」

うまく言い表すことができない。

憂い顔のまま、技師は建物の通用口の方をみつめている。

「長年こんな仕事をしていると、家族の事情は何となく想像がつきますもので」

「あの……」

「何か？」

「お借りした百四十円、遅くなって申し訳ありませんでした」

少しの間があった。

「どうかお気になさらず」

技師は初めて微笑した。眩しい陽射しに目を細めただけかもしれない。

小さな白い封筒に入れた小銭とともに、亜希子は携えてきた袋を差し出す。

今朝ほど揚げたオールドファッションドーナツだった。

「お夜食に、皆様と」

今度こそ技師はひどく動揺した様子で、視線を亜希子と紙袋の間に行き来させる。

「え……いや、どうも、これは……お気遣いいただきまして……」

後ずさりながら両手で受け取る。その瞬間、白衣の胸ポケットでＰＨＳがロンドンデリーの歌を奏でた。

「はい、了解。今、行きます」

食べかけの昼食とドーナツの袋を片手に抱え、ＰＨＳを耳に当てたまま亜希子に向かって黙礼し、騎士は急ぎ足で立ち去っていく。

解説

東直子（歌人・作家）

　恋愛感情は、身体の内側から突き上げてくる最も主観的な強い感情で、必ずその感情を向ける相手がいて、刻々と変化してしまう最もやっかいな感情でもある。相手の反応によって強くゆさぶられると同時に、自分が置かれている環境も大きく作用するものである。若い時の恋愛は、まだ自分というものが確立していない中、狭い視野の中で物を考え、相手と自分の二人だけの世界の至福を求めてしまいがちだと思う。ともすれば恋愛さえ成就できれば他はなにもいらない、という「愛の讃歌」的な感情になるかもしれない。

　しかし、社会的な生き物として日々を重ねていくうちに、恋愛が成就するだけでは生きていけないということを知るようになる。特に最近は、長引く不況の影響で男性一人の働きによって家計すべてを支えるという構図が成り立たなくなり、妻となっても家計を支えるために働く、あるいは自立するための経済力を身に付ける必要がある。恋愛に浮かれるより、まずはどうやって生活の糧を得るかが優先される世の中になりつつあるような気がする。
長年関わっている短歌創作においても、若い人が以前ほど恋愛の短歌を詠まなくなってきている。俵万智さんの歌集『サラダ記念日』(河出書房新社)が大ヒットしたのが一九八七年。バブル経済が始まった頃のことで、軽やかな口語を駆使して生まれた当時の短歌作品は、きらきらした恋愛を詠んだ作品が多かった。しかし、バブル崩壊後の若者の短歌は、派遣社員の悲哀を詠んだものなど、今日を如何に生き延びるべきかを模索する作品が増えている。

この短編集『恋愛未満』も、恋愛をテーマにしながら、単純にロマンティックな恋愛を描くのではなく、各人物のキャラクターとその背景を浮き彫りにしつつ、ふと心に浮上する感情の機微を掬い上げ、多くの問いを投げ掛けてくる。

「アリス」と「説教師」という短編には、それぞれ「ボーイミーツガール1」と「ボーイミーツガール2」という副題がついている。二つの作品には「長身で整った顔立ちと切なげな視線」を持ち、ファンも多いはずなのに、独身のまま五〇歳を過ぎた津田という男が登場する。津田は、郊外の学園都市の市民バンドに所属していて、バンド仲間の女性たちが、津田の行く末を案じている。それぞれのタイトルが、津田と関わりを持つ女性たちを象徴しているのである。

見た目もいいし、生活力もあるし、性格も穏やか。そんな津田がなぜ浮いた話の一つもなく、結婚もしなかったのか、その理由がだんだん解ってくる。

恋愛に不器用で真面目すぎる津田の、かつて信じた約束が、おかしくて怖くて切ない。

恋愛感情は、一歩間違えば悲惨な状況へと導く可能性がある。だから警戒もすると思うが、絶対に恋愛に発展しないと確信できる関係に落ち着くことができれば、安らぎになることもある。

そのことにフォーカスしたのが、「マドンナのテーブル」である。

専業主婦の美佳は、一回り以上年上の夫の収入で余裕のある暮らしを続けていて、不満はなかった。しかし、夫が頻繁に連絡を取り合い、集まっている同僚の中に女性が一人交じっていることが引っかかっていた。吾妻智子という名の元同僚である。地震が起きたときにすぐに電話で安否を確認するなど、家族以上の親密さを目の当たりにして、美佳は激怒する。

夫は智子のことを「やつとは友達というか、戦友みたいなものなんだよ」と言う。しかし美佳は「男と女の間に、友達とか戦友なんて、あるわけないじゃない」と言う。男女間に友情は成立するかどうか。この問答は、永遠の禅問答のようなもので、人によって意見の分かれることだろう。

ママ友らの協力を得ながら、美佳は智子の実体に迫るべく徐々に接近していくのだが、男達が智子に求めていたものを美佳の視線で理解したとき「マドンナ」という言葉の感触が大きく変化したのを感じた。「マドンナ」というのは、華やかで色っぽくてセンスがよくて、皆の憧れの象徴、という印象があったが、智子は、いつもカジュアルすぎる服装で大きなリュックサックを背負い、大きな顔で豪快に笑うざっくばらんな女性である。《あの人は確かに自分の立ち位置をわきまえていた。仲間の中心にどっかり腰掛け、あの大きな顔で男たちを見回し、空気というか、みんなの心中を読んでいた。／止めようとしてもときにわき上がる優越感、羨ましさ、ねたましさ、諦め、みたいなものが座に漂い始めると、だははと笑い、があがあと話題に割り込み、ちゃぶ台返しを仕掛けて空気を変える。》

同じ仲間としてふるまっていても会社の中での立場の違いはできていて、負の感情も漂い始める。智子の言動が、雑なふるまいに見えて実はその場の空気を濁らせないよう繊細に配慮したものだったことを美佳は悟る。こうして智子という人物の深みが物語の終わりかけに審（つまび）らかになる展開もすばらしい。智子は、自分が女性であるがゆえに思うような仕事ができないことを悟って前職を辞めた過去がある。

さらにその上で「二度とあんな人たちの面倒臭い『友情』なんかに関わるものか」と思

えた美佳は、一つ突き抜けたと思う。

「六時間四十六分」という謎めいたタイトルの短編は、読み終えると「なるほど」と膝を打つのと同時に、わくわくした気分が残った。

主人公の紗智子は、ロサンゼルスに住む娘の絵里子のところを、男女の友人二人と一緒に訪ねてきた。しかしその既婚の友人二人の不倫現場を目撃してショックを受けて気まずくなり、一人列車で移動し、別行動を取ることにしたのだ。

待てども待てども来ない列車をひたすら一人で待つ中、アメリカ人の父親と日本人の母親を持つダンサーと知り合い、自分のことを話すうちに、その半生について思いを馳せる。「ヴァイオリンとバレエは幼い頃からレッスンに通わされた。ヴァイオリンは高校を卒業したときで終わり、バレエは好きでずっと続けたかったけれど、結婚を機にやめた。／女の人生は、そんな風にして節目ごとに、作り替えられていく」という紗智子の思いは、ある程度裕福な層に生まれた女性の典型的な生き方である。

お受験して入った学校をエスカレーター式に上がらず、努力して国立大学に進み、手堅くＮＨＫに就職したのに三年目で辞めてアメリカに渡って裏方仕事に就き、と、自分の意志でダイナミックに人生をつき進んでいく娘の絵里子とは、対照的である。

娘や友人たちの自由な生き方を見せつけられた旅で、さらに自由な生き方をしているダンサーの青年に心を寄せていくのは当然のなりゆきだったかもしれない。恋愛とはいかないだろうが、他に話す人もいない待ち時間と列車の移動時間は、たっぷりと二人のものだったのだ。

最後の「夜の森の騎士」は、最も心に深く残った短編だった。名家の一人娘として育った亜希子は、母親の反対を押し切ってなんとか結婚したものの、その母親の呪縛から逃れられないまま、一三年間の結婚生活を終えて、実家に戻ってくる。「実家は出たが、結婚によって自立することは叶わなかった。それとなく母から示唆され、抵抗できないまま亜希子は夫の赴任先についていくことを拒んだ」のだった。夫に先立たれて一人きりになった母親の元に戻ってきた後、広い家に母子二人きりの生活が始まった。

六年後、母親の言動があやしくなる。認知症になっていたのだ。人見知りの強い母親は、大暴れをして亜希子以外の介添えを悉(ことごと)く拒否するため、他に頼めるひともいない亜希子は二四時間母親に付き添わなければならなくなる。そんなボロボロの亜希子に一筋の光をもたらすのが、一見無愛想な放射線技師である。「わたくしと一緒に行きましょう」の一言で、抵抗の姿勢を見せていた母親をすっと落ち着かせ、レントゲン室へと誘ってくれた。亜希子にとっては、騎士のように感じられたのだ。

以前私は、篠田節子さんの『長女たち』（新潮社）という連作短編集の書評を「週刊文春」に書いたことがある。亜希子と同じように年老いた親が心に重くのしかかる「長女」の物語が胸に迫る小説だった。歳を取った親の面倒は子どもが見るのが当然と思っている世代との葛藤は、篠田さんの最も重要で切実なテーマなのだろう。

「夜の森の騎士」も、老母の言動や、病院のスタッフの反応、病院のしきたりなど、いたたまれないエピソードの数々がリアルに迫ってくる。

《今、母は傍らにいない。一瞬であれ、母がレントゲン室に入り、機械に吸い込まれていったこのとき、亜希子は完全に自由だった。そして何が起きても、もはや責任を取る必要はなかった。拭いても拭いても目やにの湧いてくる窪んだ目の放つすがりつくような視線から、世間への恨みと行き届かぬ世話を非難する言葉から、湿った肌の発する匂いから、解放された。》

技師によって母親をレントゲン室に入れられている間だけ、亜希子は母親から解放される、その心境が痛切に伝わる一文である。

亜希子は、母親に愛されすぎたことで、その外側の愛情を深くは求めてこなかった。それが淡泊な結婚生活を招き、結果的に破綻した。究極の状態の母親を看取ることで、亜希子はやっと初めて、自分自身の意志で自覚的に人を愛するということを知っていくのだろう。

「わたくしと一緒に行きましょう」という言葉が、人の心を少しだけ明るく照らす言葉として、残響する。恋愛未満で終わる感情は清らかで、生きることを勇気づけてくれる力があると思う。そしてその先にある人間味のあるドラマも想像せずにはいられない。

初出

アリス　ボーイミーツガール1　「小説宝石」2018年2月号
（「ボーイミーツガール」を改題）
説教師　ボーイミーツガール2　「小説宝石」2018年9月号
マドンナのテーブル　「小説宝石」2017年2月号・6月号
（「パーティー」を改題）
六時間四十六分　「趣味人倶楽部」2009年11月〜12月
（「七時間二十四分」を改題）
夜の森の騎士　「小説宝石」2016年7月号

単行本

二〇二〇年四月　光文社刊

※文庫化にあたり修正を加えました。

光文社文庫

恋愛未満(れんあいみまん)

著者 篠田節子(しのだせつこ)

2023年4月20日　初版1刷発行

発行者　三宅貴久
印刷　堀内印刷
製本　榎本製本

発行所　株式会社 光文社
〒112-8011 東京都文京区音羽1-16-6
電話 (03)5395-8149 編集部
8116 書籍販売部
8125 業務部

落丁本・乱丁本は業務部にご連絡くだされば、お取替えいたします。
ISBN978-4-334-79516-0 Printed in Japan

組版　萩原印刷